そんなん仕事しとるんやろが！

Kei Imajou
今城けい

CHARADE BUNKO

Illustration

明神翼

CONTENTS

そんなん仕事しとるんやろが！

1

辞令
本年度第一日をもって、雑務課勤務を命じる。
千鳥悠殿《ちどりはる》
以上

この春、アマダ商事が千鳥に交付した書面にはこうあった。配属先は、雑務課。ただそれだけ。組織図の末端、どこにも紐《ひも》づけされていない独立した——と言えば聞こえはいいのだが、要するに稼働実態のない名前だけのセクション。

そこが今日から千鳥の働く部署だった。

「……あーあ。なにも物に当たることないじゃんか」

ね、と話を振ってこられて、千鳥は固まる。

「あ、あの」

次の言葉が出せないうちに、彼はふいと視線を外し、揶揄《やゆ》する口調を向かいにいる男に投げる。

「そんなにぶすっとしてることないだろう？　とりあえず、今日からお仲間なんだからさ」

「仲間……？」

にやついている若い男と、そちらをギッと睨《にら》み返すもうひとり。狭い室内に、緊迫した空気が高まり、千鳥はごくっと息を呑《の》んだ。

なんだろう、この険悪さ。まさか喧嘩《けんか》にはならないだろうが……。いや、もうすでにこの状態が喧嘩なのか？

千鳥が部署を異動になった初《しょ》っ端《ぱな》からこのやりとり。自分が座るデスクがどこなのかもわからないし、目の前にいる彼らが誰かも不明である。フロア受付の女子社員に雑務課がどこかをたずねて、ようやくいちばん奥にあるパーティションの内側に入ってみれば、すでにふたりはこの調子で、とても自己紹介どころではない状況だった。

「おまえなんかと仲間になったおぼえはない。都丸《みやこまる》、俺はちゃんと知ってるぞ。おまえはあちこちにあることないこと好き勝手を言いふらし、みんなの鼻つまみになったあげくに、ここへ落とされてきたんだろうが」

不愉快そうに鼻に皺《しわ》を寄せているのは、千鳥よりはいくつか歳嵩《としかさ》に見える男だ。彼は男っぽい感じのするイケメンで、さっき自分のバッグを叩《たた》きつけたデスクの前に立っている。

かたや、都丸と名前のわかった男のほうは、対峙《たいじ》している相手とは対照的にほっそりとやさしげな容貌《ようぼう》だ。その都丸が、お洒落《しゃれ》な春物のスーツの肩をすくめてから反撃してくる。

「矢島《やしま》サンはそう言うけどね、俺のはあることばかりだよ。たとえば、あんたが前にいたエラストマー課の上司のお帽子を取っちゃって、赤っ恥をかかせたこととか」

お帽子とは……つまり、カツラのことだろうか。もしそうであれば、偶然の過失とはいえ上司は立場がなくなって、ずいぶん腹を立てただろうが……。

「なんだ貴様！　言うに事欠いて、許さんぞっ」

狭い室内で睨み合うふたりの向こうに、窓際の席に座ってのんびりとお茶を啜《すす》る中年男の姿が見える。見た目、五十代くらいだろうか、おっとりした風貌で、両者を取り成してくれそうな様子ではない。もしも仲裁したいなら千鳥が自身でするしかないが、実際どうやればいいのだろう？

自覚もあるが、千鳥は喧嘩が苦手なほうだ。口で言い合うのも好きではないし、大声を出されると瞬間的にビクッとなる。諍《いさか》う相手をへこませてもすっきりしないし、殴り合いなどとんでもない。殴られて痛いのは自分もそうだし、相手もそれはおなじだろうから。

しかし目の前で、せせら笑いの都丸と、いきり立つ矢島を見れば、放ってもおけなくなった。

「あの……落ち着いてください。女性社員も部屋にはいますし」

遠慮がちに抑えにかかれば、ふたりは怪訝《けげん》な顔をした。

「女子って、どこに?」

都丸が首を巡らせ、矢島と同時に「あ」と洩《も》らす。

「いつの間に……」

「えと。最初からそこに座って」

壁際にぴったりつけたデスクのところで、ひっつめ髪に、制服姿の若い女がじっとしている。自分が話題にあがっていてもこちらを向かず、全体的に存在感がすごく薄い。

だからだろうか、千鳥よりも先に入室したはずなのに、彼らはそこに彼女がいることにまったく気づかなかったようだった。

「……まあいいさ。ともかく、俺は俺だけのペースでやる。仲間だなんて二度と言うなよ」

うつむいたまま微動だにしない彼女から目を逸《そ》らし、矢島がふんと鼻息をひとつ飛ばす。

そうしていまだ入り口前から動けない千鳥のほうに視線を向けた。

「おまえもだ」

矢島はどうしてこんなにもトゲトゲしているのだろう?　雑務課に自分が異動させられたのが不服なのはわかるけれど……。

戸惑う千鳥はなにも言い返しはしなかったが、それでも矢島はどこかしら気に障ったようだった。

「なんだ、その目は」

言うなり、矢島は大股《おおまた》でこちらに近づく。小柄な千鳥にくらべて、縦横ともに大きい男は、こうして間近に立たれると結構な圧迫感を与えてくる。知らず、一歩下がったら、矢島が嫌な目つきになった。

「おまえ、化成品課で落ちこぼれだったんだってな？」

千鳥を尊大に見下ろしてくるこの視線は、ここ二年ほどですっかり見慣れたある男のものと似ている。

「俺は化成品課に同期のやつらが結構いるんだ。そいつらがおまえのことをどう言ってたか聞かせてやろうか？」

弱い獲物をいたぶる目。たぶん、腹いせ交じりに攻撃されているのだろうが、顔が強張《こわば》って言葉が出ない。

「連絡すれば、うっかり忘れる。ファイルひとつろくにできない。資料を頼めば、見当違い。入社して二年も経《た》つのに、使えないにもほどがあるって」

千鳥は反論できなかった。それはある意味本当だ。自分が駄目社員だったから、不要の烙《らく》印《いん》を捺《お》されて雑務課に捨てられたのだ。

指先を冷たくしながらうつむくと、上からさらにきつい声が降り注ぐ。

「こんなふうに言われてもだんまりか？　よくよく性根がなってないな」

矢島は否定に否定を重ねる。これはもう完全に八つ当たりだ。やられっぱなしでいては、よりヒートアップするだろうとわかっていて、なのに千鳥はなにもできない。

こういう相手は、逆らうほどに高圧的になってくる。相手に嚙《か》みついて、たとえ一瞬はひるませても、向こうはその次には十倍で返そうとする。それはもうこの二年間で、嫌というほど身に沁《し》みた。

「おい、ひとの言うことを聞いてるのか⁉」

無反応で縮こまったままでいたら、無視されたと思ったらしい。腹立たしげに肩を突かれ、不意打ちで千鳥はのけぞった。

「わ……」

斜めに崩れる体勢は、しかしそこでストップした。

「おい、なにやっとんねん？」

背中で声。千鳥の肩は固いものを感じていて、二の腕は誰かの手に摑《つか》まれている。いつの間にかドアがひらいて、そこから誰かが入ってきていたらしい。のけぞった千鳥の身体《からだ》は、その誰かにしっかりキャッチされていた。

「朝っぱらからじゃれとんか？」

元気やなあと呆《あき》れを含んだ軽い響きに、千鳥は首だけをそちらに捻《ひね》り、直後に思わず息を呑む。

千鳥の身体を支えていたのは、眼鏡《めがね》をかけた若い男だ。明るめの髪と眸《ひとみ》で、なによりも驚いたのは、どこのモデルかというような彼のその美貌である。ただ、ものすごく造作が整っていて綺麗《きれい》だが、女っぽい感じはなかった。むしろクール、知的な印象。眼鏡の奥の眸は鋭い光を放ち、なのにその唇から発されるのは意外なことに関西弁だ。

「ここは雑務課やろ？」

「あ、はい。そうですが」

「俺は針間《はりま》や。針間克己《かつみ》。そんで、ジブンは？」

「……僕は、千鳥悠といいます」

ジブンというのは、針間自身のことではなく、こちらのことだと見当をつけ、おかしな体勢で自己紹介する。針間は背が高く、スーツ姿は細身に見えるが、かなり筋肉もあるらしく、斜め後ろに身をよじる千鳥を余裕で支えていた。

「いつ入社？」

「二年前です」

「ほんなら、俺よりふたつ下やな」

つまり、このクールビューティ、かつ関西語圏の男は二十六歳というわけだ。

「これからはおなじ課や。よろしゅうにな」

「こ、こっちこそ。よろしくお願いいたします」

相手の身体に密着したまま千鳥は言った。

ぽかんとした気分がいまだに残っていて、身動きするのを忘れている。男に抱きとめられる格好で、すごいなあとどこか夢心地で考えた。

このきつい感じのする茶色の眸は、なんだかビー玉みたいで綺麗だ。それとも澄んだ虎《とら》の目か。クールな印象が強いのは、目尻が吊《つ》り気味のこの眸と、すっきり通った鼻筋と、やや薄めの唇のせいだろうか？

これで睨まれたら怖いだろうな。このひとも、自分を言葉や態度などで痛めつけてくるのかな？　あるいはそうかもしれないが、そうじゃなかったらいいのにな。

そんなことを考えて、千鳥が眼前にある男の顔を眺めていると、彼はちょっとまばたきしたあと、にやっと笑った。

「ジブン、おもろいやっちゃなあ」

言いながら、摑んでいた手に力をこめて千鳥の姿勢を元に戻した。

「え……？」

ひとから面白いと言われたことはこれまでただの一度もない。いったい自分のどんなところが彼にそう思わせたのか？

しかし、針間はそれ以上はなにも言わずにそのまま千鳥から離れると、都丸と、矢島のあ

いだを通り抜ける。

「綿谷《わたや》課長、今日からここでお世話になります針間です。よろしくお願いいたします」

窓際のデスクの前で、なめらかに挨拶《あいさつ》すると、四十五度に上体を傾ける。ビシッと決まったその言動は、千鳥はもちろん、都丸も、矢島ですら目を瞠《みは》るほど格好いい。

「……そんで、ジブンらは？　たしか、そっちは関西支社で会《お》うた気がするんやけど」

また元の関西弁に戻した針間が、都丸のほうを向いて問う。彼はひょいと眉《まゆ》をあげてから相手に応じた。

「都丸。あんたは、関西支社天然ゴム課にいた針間だろ？　俺は、この春まで食糧事業部にいたから、関西への出張もときどきはあったしね」

「はあそうか。それで見た気がしたんやな」

「あそこは事業部編成で、こっちと統合になったんだよね？」

「せやで」

「なのに、こっちのゴム課じゃなく、よりによっての雑務課入り？」

「せやなあ。そう決まったみたいやな」

針間の異動をあげつらうように取れる言葉を、彼はあっさりいなしてしまった。都丸から視線を外し、あらためて自分の右側に目を向ける。

「そっちのジブンはお初やな？　前はどの部署で働いとった？」

この問いかけを矢島は無視した。バッグを置いていたデスクのところに戻っていくと、椅子《いす》が軋《きし》みをあげるほど荒い仕草で腰かける。

協調する気はいっさい持たないという露骨な態度に、千鳥は内心はらはらするが、針間はさほど気にしていないようだった。特になんの反応も示さずに、次には壁際のデスクに近づく。そうして「おはようさん」と彼女に言ったが、返事は戻ってこなかった。

「えっとやな……」

うつむいて、かたくなに口を閉ざす彼女の姿勢に、針間もさすがに困ったようだ。振り向いて、都丸のほうを見たが、彼は肩をすくめるばかり。

「あの……」

出しゃばりかもしれないが、千鳥はそろそろと足を進める。

なんとなくわかったのだ。彼女は心に蓋《ふた》をしている。元々、存在感を主張するタイプじゃないのかもしれないが、いまはそれを限りなく薄めていたいようだった。

極力目立ちたくないとする彼女の気持ち。千鳥にはその理由が言葉によらず察せられる。

これまでに痛めつけられて、他人が怖い。自分を咎《とが》める他人の目が恐ろしい。なんでわかるかと聞かれたら、千鳥もおなじと答えるしかない。

「僕もまだだったので、挨拶をさせてください」

モーションも、声の調子も静かに告げる。適度に距離を空けているのは、彼女を不要に緊張させないためだった。

「僕、千鳥です。僕は……正直、この課に来てほっとしてます。この会社での僕の位置はともかくも、自分の目の向きは変わったから」

「……向き？」

聞こえるか聞こえないかのか細い響き。横目でちらっとこちらを眺め、またも彼女は動作を止める。千鳥は「はい」と低く言ってうなずいた。

「もう一回、僕がなにをできるのか探せると思うんです。前の部署では……どうしようもなかったので」

言い終えても、彼女は口を利かなかった。針間も、ほかのひとたちも沈黙を保っている。静かな室内で、しかし千鳥は返事がなくてもかまわなかった。彼女に告げたいのはいま思っている自分の気持ちで、なにかしゃべれと強制するものではない。

ややあって、千鳥は会釈をひとつすると、そこで回れ右をした。

「………国友《くにとも》、です」

蚊《か》の鳴くような声が聞こえた。千鳥は努めてゆっくり振り向き、にこりと笑う。そのあとに一拍置いて、千鳥は自身が笑えたことに気がついた。

……ああそうか。ここは前とは違うんだ。

それを肌で感じ取り、ほうっと息をついたとき、千鳥はなにかの気配を感じた。つとそちらを振り向くと、眼鏡の奥から自分を眺める視線とぶつかる。

「ジブン……」

「はい？」

千鳥は小首を傾ける。針間がなにを考えているのかは、その表情からは読めなかった。

「まあそうやな。そういうことや」

針間はなぜか呑みこみ顔でうなずくと、大股で歩み寄り、千鳥の肩を軽く叩いた。

「そんなら、俺もなにができるかやってみるわ」

にやっと笑うその顔は、自信に溢《あふ》れてまぶしいくらいだ。しかも、クールな顔立ちをしているわりにそんな感じの笑顔を見せると、どこかいたずらっ子の印象がある。

千鳥が思わず見惚《みと》れていたら、針間はふっと首だけを背後に回した。

「綿谷課長、すんません。俺ちょっと、社内に用事ができたんで行ってきますわ。夕方までには戻ってこれると思いますんで」

綿谷への標準語は最初の挨拶だけらしい。湯呑《ゆのみ》を持った綿谷がおっとりうなずくと、針間は長い脚を動かし、すぐに部屋から出ていった。

そうしてスタイルのいいスーツ姿が消えてしまうと、微妙な空気が部屋に漂う。気詰まりというほどでもなく、なんとなく皆で顔を見合わせてしまうような。

しばらく沈黙が流れたあとで、最初に口火を切ったのは都丸だ。

「ええと。俺もちょっと出かけよっかな」

社内にはいますので、と綿谷に断り、彼もまたドアの向こうに消えていく。

四人になった部屋のなか、千鳥はしばしなすすべもなく立っていたが、ズズッとお茶を啜る音に、あらためて綿谷のことを意識した。そういえば、自分はまだ彼に着任の挨拶をしていない。

「ご挨拶が遅れまして申しわけありません。本日付でこの課に配属になりました、千鳥悠と申します。以後、よろしくお願いいたします」

千鳥は窓際のデスクに向かって頭を下げた。

「ああ。よろしくね。きみの場所は……あそこにしようか？」

「はい」

指差されたデスクの椅子に腰かけはしたものの、そのあとの指示はない。

「あの。なにか僕にできることはありませんか？」

綿谷に聞いても「いまは特に」と返事が戻ってくるきりだ。

仕事をしなくてはと考えて、しかしここではなにもすることがない。内線も外線もかかってこない電話機を見るともなく眺めながら、千鳥はぼんやり考える。

針間はどうして雑務課に来たのだろう？　見た目もよく、能力も高そうだから、きっとなにかの手違いでたまたまここに紛れこんできたのかもしれなかった。

自分とはまったく違う、バリバリ仕事のできる男。

——なんでこんなこともできないんだよ⁉　——俺の言うのが理解できてる？　——もういいから、座ってろよ。どうせ給料泥棒だしな！

自分はこの二年間で、嫌というほど知らされた。何度となくわからされた。千鳥悠という人間が、どんなに使えない社員であり、生きているのにふさわしくない人物であるのかを。

もういい、やめてくれと心のなかで悲鳴をあげても伝わらなかった。ささやかな抗弁も、もっと巧みな弁舌に潰《つぶ》された。きつい。苦しい。誰か助けて。そんな言葉は、弱音を吐くなという空気のなかで口にする前にかき消された。

——あやまればそれでいいってわけじゃないし。結局やる気がないんじゃないか？

失敗したことは間違いない。ただ、最初から否定的な気持ちしか向けられていなかった。千鳥を弾《はじ》こうという意図があからさまだった。メールでの伝達も千鳥にはなく、聞いていないと正直に話したら、嘘《うそ》つき扱いされてしまった。

届かなかった連絡。回されなかった文書。さりげなく外されたミーティング。千鳥の教育係を命じられた先輩は、上司との軋轢《あつれき》に苦しんでいた。営業の成果があがらず、くやしい思いをかかえていた。そして、それらのむしゃくしゃをもろにかぶってしまったのは、立場の弱い千鳥だった。

いつだって分の悪い人間が、割を食う。千鳥が経験したことは、言ってみればただそれだけのことであり、どこにでもあるようななりゆきだ。

自分さえしっかりしていれば、撥《は》ねのけられる出来事だった。たとえば、針間のような人間だったら、苦もなく通過できただろう。なのに、千鳥はひとつひとつに引っかかり、しゃべることも、なにか行動を起こすことも怖くなってしまったのだ。そうしてただ亀のように縮こまって、棒で叩かれるままでいた。それは結局、自分の努力が足りなかった。能力が不足していた。つまりはそういうことだろうか……？

「ただいまぁ」

声にハッと顔をあげる。どのくらいぼうっとしたまま座っていたのかわからなかった。部屋の掛け時計を見あげると、時刻は四時五十分。無為の時間は長いというがそれは千鳥には当てはまらず、午前も、午後からの数時間も、あっという間に過ぎ去っていた。

都丸が戻ってきたのを潮に、窓の外を見てみると、どことなく空気が黄ばんでいるようだ。気象庁が定めた日没の場所ではない、ビルの上に落ちる夕日。建物の窓はどれも嵌《は》め殺しで、雨も雪も体感できない。ビル風が吹くときは、下から上に雨が降るときもある。

この場所では、平気で逆さまなことが起きる。自然とは似ても似つかぬことがある。

だが、それが現実だ。千鳥のいるこの場所がリアルなのだ。

「ああ、よかったわ」

虚《うつ》ろな視野に、そのとき強い声が響いた。

「まだみんな揃《そろ》ってるやん」

彼が帰ってきただけで、この部屋の熱量がぐっとあがった気分がする。針間はぐるっと室内を眺め回すと、真ん中の位置に来て口をひらいた。

「聞いてほしいことがあるんや。ちょっと時間をもろてもええか?」

誰も返事はしなかった。気にせず針間は話を続ける。

「俺はさっきまで、ここの上階にある天然ゴム課のほうにおってん。そんで、そこの課長さんに話をつけてきたんやけど」

なんの話かと千鳥は思った。しかし、声を出すまでには至らない。なにか言えば、叩かれる。その経験が接着剤かなにかのように千鳥の動きを固めていた。

「それ、俺に関係あることなのかな?」

聞いたのは都丸だ。水色のネクタイを軽く直して、首を傾《かし》げる。

「天然ゴムは、俺の経歴からは畑違いと思うんだけどね」

「それはそうかもしれへんけど、いまはみんな雑務課やろ? せやったら、都丸にも関係があることや」

都丸は疑わしげな表情だったが、口に出してはなにもしゃべらず、針間はさらに言葉を足した。

「俺がこの春まで関西支社の天然ゴム課におったんは、都丸の言ったとおりや。けど、今度の事業再編成で、あっちのゴム課はのうなった。大阪におったもんは、別の課に振り分けられるか、こっちのゴム課に異動した。そんときに、それぞれの仕事については、先方に事情を話して手を引くなり、誰かに引き継ぐなり、かかえたまんまこっちのゴム課に来るなりした」

せやけど、と針間は言う。

「俺が手がけてた仕事については、中途でストップしたままや。かなり話を進めてたのに、先方にも断りなくほったらかしになっとるんや」

「へええ、それはお気の毒。んで、俺はもう帰ってもいいかなあ？」

まったく興味がなさそうに、都丸がつぶやいた。

「まあ待ちいな。話はこっからが本筋や」

「手短に、一分くらいで」

自分語りはいらないと言わんばかりの口ぶりだった。

「中途になってた業務っちゅうのは、生産元の海外から天然ゴムを買いつけて、それを国内の総合化学メーカーに納めることや。メーカーは、聞いたことがあるかもしれへん、和泉《いずみ》化学」

和泉化学なら、千鳥も知っている企業である。財閥系の一部門で、たしか国内シェア三位だった。取扱品目は、無機材料製品、液晶フィルム、車に関する部材や、酸化防止剤、除草剤など多岐にわたる。千鳥の前の部署が化成品課で、似たような品種の売買があることから、おおむねの事業形態は摑んでいた。

「先方は、開発途中のタイヤに使う特殊なゴムを求めとった。そのために何度となく試験をおこない、こっちの納めたサンプルであとひと息までこぎつけたんや」

「はあそれで？」

肩をこきこきと動かしながら、都丸がお義理のように合いの手を打つ。

「せやから、さっきまで天然ゴム課長にこの仕事の継続を打診しとった。ていうか、どうでもやらせんかいとねじこんどったというのがほんまや」

「あーなるほど」

「結構大揉《おおも》めになったんやけど、最終的に妥協案をもぎ取ってきた」

「妥協案？」

少しだけ、関心を持ったふうに都丸が問いかける。

「それってどんな？」

「どうしてもやりたいなら、勝手にしろ。ただし、それに人員を割く気はない。そっちの雑務課の人間を使ってやれ——とまあ、だいたいそんな具合やった」

「要するに、俺たちがあんたの仕事に協力する？」

「そうや」

つまり千鳥もそのなかにカウントされているわけだ。針間のやりかけの仕事を手伝う人間として。おなじ課の仲間として。

「そこで、みんなに俺からの提案や。俺と一緒にこの仕事をせえへんか？」

してみたいと千鳥は思った。この部署で、自分にもできることがあるのなら、針間に協力してみたい。

「俺はごめんだ」

唸《うな》るような声がして、そちらを見ると、矢島が不機嫌極まりない顔をしていた。

「俺がどうしておまえの仕事を手伝わなきゃならないんだ？　そんなことして、なにかメリットでもあるというのか？」

「ジブンがほかにすることでもあるんやったら、言わへんけどな。どのみち、そこで座ってたってしゃあないやろが」

針間の言い草に、矢島はカッと顔を赤らめた。怒らせたのは明白で、まずいんじゃないだろうかとひそかにあせる。

針間は協力が欲しいわけで、なのに頼むとは言っていない。暇な連中に仕事を与えてやろうでは、矢島は承知しないだろう。

「予算のほうはどうだって？　プロジェクトを進めるのなら、そちらの許可も必要だよね？」

都丸が矢島を横目に問いかける。関心を持ったにしては冷ややかな口調だった。

「それはおおむねオーケイが出たと思うわ」

「おおむねって？　具体的にはどれくらい？」

「稟議《りんぎ》をとおさなあかんから、まずはこっちで書類をつくらな金額は決まらへん。前の部署での下地があるけど、新しいこの場所と、人員とをやり換えて計算してみな、はっきりとは言われへんし」

「人員って、もしかして、それに俺も入っているわけ？」

「そうや。なんか不都合あるか？　最初にそう言っとったやろ」

針間の台詞《せりふ》に都丸がカチンときたのが千鳥はわかった。こめかみをぴくぴくさせて、目尻《めじり》が吊り気味になっているのがその証拠だ。

どうやら針間は自分に自信がある人間特有の、上から押しかぶせるやりかたをするらしい。

「俺は乗らんぞ」

矢島がきつい調子で言い切る。眉間《みけん》を険しくしたその顔は、針間を完全に拒絶していた。

「なんでやねん？」

「なにがなんでだ。そんなくだらない話に乗って、俺に少しでも得があるか⁉」

あからさまに吐いて捨てる口調だった。これには針間も苛ついたのか、眼鏡の奥のまなざしが強くなる。

「詳しい話を聞こうともせず、くだらないってどういうこっちゃ⁉」

「おまえの勝手な都合など知るもんかっていうことだ。食いかけのメシが気になるなら独りで食え。中途半端な残りものをこっちによこすな」

「はあ⁉　言うに事欠いて、ひとの仕事を残飯扱いしよる気か？」

「あ、怒っちゃった？　だけどそう言われてもしかたないよね。見込みがあるなら、統合の話のときに上司からそれなりの指示があったはずだろう？　それがいまだに手つかずなのは、ものにならない証拠だよ」

最後の台詞は都丸。もうなんというか、はちゃめちゃな展開だった。矢島の顔はかなり怖いし、都丸は皮肉っぽいまなざしをしているし、針間は針間で文句をつけてくるやつを燃やすぞコラ、という剣幕だ。

三者三様に苛立っていて、協調する気はまるでゼロ。

おおむね商社マンというものは、元々学校ではヒーロータイプだった人間がめずらしくない。成績もよく、スポーツもでき、リーダーシップにも優れている。努力もあるが、生まれついての資質が高く、千鳥のように押し出しに欠ける人間は少数派だ。

そのため、彼らがぶつかると結構な迫力で、千鳥が仲裁をすることなどできはしない。デスクにただ座ったままでなりゆきを眺めていたら、矢島がガタンと席を立った。

「帰る！」

「あー、俺もそうしよっと」

おなじ行動を取ってはいても、彼らふたりは仲良くする気配もなく、どちらも目を合わさないまま前後して出ていった。

ふと見たら、いつの間にか唯一の女性課員である国友も部屋にいない。たぶん彼らが諍いをしているあいだに帰ったのだ。

千鳥は少し迷ったが、ゆっくりと立ちあがった。バッグを手に取りかけて、しばらくじっとしていたが、針間はこちらを見ようとしない。自分のデスクに腰を下ろして、ノートパソコンを立ちあげるや、ずいぶんと乱暴なタッチでキーボードを叩きはじめる。

「あの……僕も今日はこれで失礼いたします」

デスクのところから綿谷に言うと、彼は鷹揚《おうよう》にうなずいた。

「ああお疲れさん」

疲れることはしていない。今日は一日なんの働きもしていないのだ。なのに、肩は重苦しく張っていた。

お先に失礼します。あらためて、針間にそう告げようとして、千鳥は結局無言のまま雑務課をあとにする。

針間は誰も引きとめようとしなかった。最後のほうは千鳥がここにいることも頭のなかになかったようだ。

——もう一回、僕がなにをできるのか探せると思うんです。

それがなんなのか、家に戻って今日はひと晩考えてみようと思う。

この雑務課で、あのひとたちのなかにいて、自分がなにをやれるのか。

2

「おはようございます」

翌日、千鳥が雑務課に入っていくと、すでに針間は仕事をしていた。あちこちに電話をかけ、パソコンを叩きまくり、プリント用紙になにか書きこんでいる。

この課の誰ともしゃべらずに、ただ独り猛烈に仕事を進める。そんな針間を、矢島も、都丸も、冷ややかな視線で見ていた。もちろん、声をかけるようなことはしない。

昨日と変わらず険悪な空気のなか、針間がどかどか歩いたり、パソコンのキーボードを大きな音で叩くたびに、壁際の国友が身体を固くするのがわかる。

最初からチームでもなんでもない面子《メンツ》だけれど、これは最悪の雰囲気だろう。

「あの……」

夕方近くなったころ、千鳥はそっと立ちあがった。

「針間さん」

「はぁ、なんや⁉」

声をかけたらイラッとされたのがわかってしまい、千鳥はそこで言葉をなくした。

「で？　だからなんやねん？」

整いすぎた顔立ちのぶん、こうして睨みあげられるとその迫力に身がすくむ。正直、怖い。近づいたのを後悔している。でも……。

「なにか僕に手伝えるようなことがありますか？」

勇気をふるって、千鳥はなんとか言い切った。しかし、針間はすぐに返事をしてこない。周囲もしんとしたままだ。やはり、出すぎたことだったのかと、内心相当ひるんでいたら、ようやく針間が口をひらいた。

「……そんならこれ。データを送るから、共有フォルダに……って、雑務課のはないんかいな」

しゃあないなとこぼしながら、針間がメールで送ると言う。

「そこにやってもらうことの指示も書いとく」

「あ、はい」

アマダ商事は部署ごとに共有フォルダを設けてあるが、ぼっちの雑務課はここでも仲間外れらしい。ただ、メールアドレスは全社員のものがあるから、そこから選択すればいい。かくして、約三分後には指示メールが千鳥に届いた。

「針間さん。内容を確認しました。この表をパワーポイントに貼《は》りつけて、第十二図のフローチャートの調整ですね？」

「そうや。フォントとか、見栄えを考えて貼りつけといてな」

「はい」

会話をしているのは針間と千鳥のふたりだが、矢島と都丸が聞いているのは感じられる。ついでに、千鳥には（媚《こ》びやがって）という白い目も向けられているのだが、そこは意識から切り離し、作業のほうに集中する。

マウスのクリック音、キーボードを叩く音。針間のタッチが、さきほどよりも幾分やわらかくなっていた。

昨日の晩、千鳥は懸命に考えたのだ。

このままなにもせず、じっとしていることはできない。針間の仕事を手伝いたいと願ったのは本心だ。

ただ、それと同時に針間の手助けをするのなら、矢島や都丸からの反感を食らうはずだとも考えた。しかも針間の手伝いが、実際自分にできるかどうかもわからないのだ。

やりますなどと言った結果、針間にはうんざりされ、矢島や都丸からは口も利いてもらえなくなる。そんなことだって充分に起こり得ると、内心では結構、いや相当にビビっている。

それでも千鳥は崖《がけ》から飛び降りるような気持ちで、針間に申し出たのだった。

「……ええと。できました。添付にして送り返せばいいですか？」

「そうやな。あと、この見積もりをコピーして。それと、俺宛《あて》にファックスが来てへんか見てきてや」

わかりましたと、千鳥は部屋を出て、複合機のある場所を目指した。

ここまではなんとかこなせた。フウッと息を吐き、コピーをしようとしてはたと困る。複合機は、コピー、ファックス、プリンター、スキャナーと、さまざまな機能を持つ。この機械を管理するのは総務課で、使用するには各部署に配布された認証カードが必要だ。

「あの、すみません」

複合機の近くにいた女性社員にたずねたが、雑務課のカードの有無は知らないと言う。

引き返す？　そして、誰に聞けばいい？

課長である綿谷しか思いつかず、おそるおそる部署まで戻って聞いてみれば「カードはないんだ」と残念な答えが返る。

「えと。それじゃ、どうしたら……」

困ってきょろきょろしていたら、針間のいるデスクからきつい声が飛んでくる。

「自分でなんなと考えんかい！」

「は、はいっ」

あせって、千鳥は足を浮かせる。部屋を出て、今度はカードを貸してくれそうなフロアの受付に走ったけれど、頬《ほお》が強張っているのは自分でも気づいていた。

「すみません。複合機のカードを借りたいんですが」

言うあいだも、足が小刻みに震えている。

あれっぽっちの叱責《しっせき》で、これほどに動揺するのは社会人としてどうかと思う。だから駄目社員と言われたんだと、そんなことも頭の片隅に浮かぶけれど、いまはコピーをしてくるのが先決だ。

ここのフロアはおもに食糧事業部が占有していて、受付の女性社員は「雑務課の千鳥です」と名乗ったら、少し妙な顔をしたが、結局カードは貸してくれた。

「……お待たせしました」

息を弾ませてコピー用紙を差し出すと、針間はパソコン画面から視線を外してそれを受け取る。

「ありがとな」

「あ、いえ」

嫌みでも、罵声《ばせい》でもなく、礼を言われてびっくりする。小顔で、目ばかりが大きい千鳥が一瞬ぽかんとしていたら、針間がタイピングを再開しながら告げてくる。

「さっきはああ言うたけどな、聞くべきときは聞いたらええねん」

針間は下を見たままで口だけを動かしている。

「誰かがどうかしてくれるとか、思わへんかったらええ」

つまり、物事を丸投げにせず、自分の意思で動けと彼は教えているのだ。

「ありがとうございます」

アドバイスがうれしくて、にこりと笑う。無意識に出た笑みだったが、針間はちらりとこちらを見あげ、次いでまじまじと眺めてきた。

「……おかしなやっちゃな」

最初はおもろいやつ、今度はおかしなやっちゃだった。だけど、いったい自分のどこがそう思わせていたのだろうか。千鳥はなんだか不思議に感じる。クソ真面目《まじめ》。不器用。鈍くさい。つまらないやつ。そうしたことはさんざん言われてきたけれど。

「苦口言われてなに笑《わろ》とん。てか、ファックスは？」

「あ。すみません」

「アホか。はよ見に行かんかい」

脱兎《だっと》のごとく部屋を飛び出す。アホかと叱《しか》られたのだけれど、なぜか心が冷えるような感覚はしなかった。

逆に少しだけ針間に近づけた気がするのは、千鳥の勘違いなのだろうか？

とはいえ、このこのちも友好的な雰囲気が芽生えるでもなく、千鳥は定時いっぱいまであれこれと叱られつつ懸命に働き続けた。やがて、課内にある掛け時計が午後五時を回ったとき。

「千鳥はもうあがってええわ。あとは俺がやっとくから」

「はい。わかりました」

デスクの書類をまとめていたら、矢島がドアに向かいざまに「は、たいしたもんだな。早速上司ヅラしてんのかよ」と聞えよがしにこぼして出ていく。都丸もバッグを手に立ちあがったが、こちらはすぐに帰らずに千鳥のデスクまでやってきた。

「……はい?」

クリアファイルに入れようとした資料のコピーを彼は見ている。なにか言うかと首を横に傾けると、彼は無言で踵《きびす》を返して部屋から消えた。その姿を見送ってから、千鳥は傾げていた首を戻す。

「あのう、針間さん。都丸さんが僕のデスクまで来てくれました。もしかして興味を持ってくれたんでしょうか?」

資料をめくる音がするほうを見て問えば「さあな」と気のない声が返る。一抹《いちまつ》の可能性を捨てきれず、千鳥はさらに言葉を足した。

「もしも、なんですけど……今後ほかのひとたちに手伝ってもらえそうなら、僕がいまやっている業務の一部を助けてもらっていいですか? そのぶんたくさん引き受けますから」

この仕事の全容は、ほんの数時間しか携わっていない千鳥に摑みようもないのだが、それでもかなり大きなプロジェクトだと想像できる。まして、針間は他部署から人員を望むべくもないのだから、ここにいるひとたちが手助けしてくれるならそれに越したことはないのだ。

「そら、別にかまわへんけど」

まったく期待していないと、声と表情で針間が知らせる。千鳥はデスクの片づけを済ませると、綿谷と針間とに退出の挨拶をした。

「お疲れさん」

ふたりに返されて、会釈してから部屋を出る。そうしていつものようにエレベーターのあるホールまで向かったが、定時後まもない時間帯で、そこはずいぶんと混雑していた。

「わ、わわっ……」

今日は五基あるうちの、二基に『調整中』の札があった。そのためかホールには猛烈にひとがいるし、止まったエレベーターの箱のなかにはすでに乗客が満杯だった。

これはちょっと……近づくのは厳しいかも。

無理に乗りこもうとする連中に押された千鳥が、閉口しながらその場所からいったん離れる。すると、おなじくエレベーターに乗りかねている国友が視野に入った。

「あ……国友さんも？」

ひっつめ髪の彼女がこくっと首を振る。

「その。よかったら、階段歩いて下りませんか？」

千鳥もなのだが、彼女のほうもたくさんいる社員たちを押し退《の》けてエレベーターに突進するのは難しそうだ。そう思って誘ったら、彼女がおずおずとついてきた。

ここは十四階で、廊下にある鉄製の扉を開けると、普段は使わない階段を黙々と下りていく。やがて、半分くらい進んだところで、千鳥はぽそっとつぶやいた。

「あのですね。今日、僕が雑務課を出るときに、綿谷課長と針間さんから、お疲れさんって返されたんです」

ほんとにひさしぶりだった。挨拶をして、あんなふうに応じてもらえることなんて。

「針間さんは僕に仕事をくれるんです。間違えると怒るけれど、それ以上の含みはなくて」

窓のない階段は足音がかなり響く。おなじように階段を選んだひとたちも結構いて、ちいさな声はその足音に紛れたかもしれなかった。

「自分でなんなと考えんかい——そう怒鳴られたときには、正直足が震えたけれど、仕事ができるのはありがたいです。あのひとは……ちゃんとお礼も言ってくれるし」

以前の職場と違って、とは言わなかった。あれはもう過去のことで、過去にしたい。引きずってもいるけれど、それでも前に進みたい。

拳《こぶし》を握って、背後に視線を回してみたら、国友が真顔でかすかにうなずいた。その仕草に勇気をもらって、千鳥はつっかえつつ言葉を発する。

「僕が、もし、国友さんに、手伝いを頼んだら嫌ですか?」

国友はなにも言わない。千鳥も返事を急《せ》かさなかった。一階に着き、広々としたエントランスを通り過ぎ、大きなガラスの自動ドアをくぐり抜ければ、あとは中央分離帯のある国道に沿う街路になる。

「それじゃ、お疲れさま」

夕暮れの舗道に踏み出し、彼女から離れようとしたときに、ごくちいさな声が聞こえた。

「嫌じゃないです」

＊　＊

「千鳥。マップ図出しといて。加えて向こう三カ月間の現地の気温。それと、田端《たばた》物産への見積もり依頼。あと、ブタジエンの直近価格と、為替のも」

「はい」

「それからこっちはコピー二部。提出するから、レールファイルに。表紙は千鳥がつくっといてや。年月日、抜かさんようにな。それと、いまからエクセルを送るから、見栄えがええようにグラフ化しといて。折れ線、棒線、どっちも使《つこ》うて、凡例の名称は項目名のままでええ」

「はい」

「あと、これは宅配便。宛名は名刺つけとくからそっちで書いて。ほんで、総務課に行ったついでに封筒十枚もろてきて。あ。それと、見積書の外っ側にするやつも」

「はい」

「ほんでな、いま思い出したから言うとくけど、和泉化学の担当者とデリバリーの社員の名前はおぼえときや。問い返したら失礼やろ？　それに、こないだ書いてもろたインボイスの住所がちょっと違っとった。ネシアは番地の前に通りの名前を書くのが普通や」

「す、すみません」

「次からは気いつけや。ほんで……」

「すみません」

「アホ。なに聞く前にあやまっとんねん。シッパーへの依頼書はわりとようできとった。それを言おうとしただけやろが」

「すみま……ありがとうございます」

「ほら、頭下げるのはいらんから、総務課に行かんかい」

「はいっ」

千鳥が針間の手伝いをはじめてから一週間。ものすごくめまぐるしく毎日が過ぎていく。新しくおぼえることはたくさんあって、叱られることもたびたびあるが、針間は怒りを引きずらないし、ごくたまには褒めてくれる。お陰で千鳥はへこみっぱなしにならないで、失敗を糧とするような気持ちになれた。

部屋を出る前に、国友のほうを見て、目立たぬ仕草で自分のパソコンを指差すと、彼女がかすかに頭を動かす。これはメールを送りましたのサインであり、そこに添付した書類仕事を彼女が引き受けてくれるのだ。直接課内で会話すると、彼女が身構えてしまうので、ふたりのやりとりはメールでほぼ済ませている。もちろん針間もこのことは了解済みだ。

国友は数字に強く、こつこつとデータを集積していく作業がじょうずである。それに、金銭の収支に関してもばっちりで、経費の実績はもちろん、予想にも外れはない。いったん取りかかると一心不乱になるようで、半日くらい顔をあげないこともあり、千鳥はその集中力にはつくづく感心してしまう。

「すみません。宅配便の送り状をいただけますか？　それと封筒十枚と、見積書の表紙カバーもお願いします」

総務課は、千鳥のいるところより上階のフロアにある。このビルはアマダ商事が所有するが、自社が使っている場所以外はテナントとして貸している。雑務課や、食糧事業部、それにシステム部がある十四階。機能樹脂事業部と、エネルギー事業部が置かれている十六階。そして、十七階には管理本部が設けられ、そちらには総務課と、経理課と、人事部。それに、役員室と、大小の会議室があるのだった。

「はい、これ」

総務課の女性社員に宅配便の送り状を手渡され、礼を言ってそこに書きこむ。

「封筒は十枚、と。表紙カバーは何枚くらい？」

「そちらも十枚ほどお願いします」

千鳥が答えると、彼女はキャビネットから必要枚数を出してきた。

「そこの事務用品持ち出し表に書いておいてね。……あ、それと荷物が届いていたみたい。帰るときに持っていって」

「はい。わかりました」

カウンターの手前から送り状を貼りつけた荷物を渡し、各部署宛のメールボックスを覗《のぞ》いてみたが、目当ての品が見つからない。

「あの。荷物はどこに？」

「ああ、あそこよ。柱のところ」

なるほど、メールボックスに入れるには大きすぎるダンボール箱だった。千鳥は封筒と表紙カバーをダンボールの上に置き、よっこらしょと持ちあげた。

「……っ？」

思ったよりもずっと軽い。箱に貼られた送り状には分析センターの名前が書いてあったから、これはきっとゴムスポンジのサンプルだ。五日前に送ったものがこうして返ってきたのだろう。

「失礼します」

声をかけ、会釈して出ようとしたら、なぜか廊下までさっきの課員がついてきた。

「その……国友さんはどうしてますか？」

ほかには聞こえないように、ごくちいさな声で聞く。千鳥は「いろいろ手伝ってもらってますが」と彼女に言った。

「そう。よかった……。前がああだったから、ちょっと気になっていて」

あなたとは話をするのね、と確認され、千鳥は首肯《しゅこう》でそれに応じた。

「メールの返事もすぐに送ってくれますし、頼んだ仕事も正確で速いです」

ありのままを彼女に告げたら、隣でほっとため息を吐き出した。

「そうなんだ……じゃあ、経理から雑務課に行かされたのも、あながち悪いばっかりじゃなかったんだ」

つぶやいてから、千鳥もその課にいるのだと気がついたのか、声には出さず「あ」という形に口をひらいた。

「……えっと。その。あれから私、気になっていて……梅宮《うめみや》さんたち、あきらかにやりすぎてたし」

「梅宮さんって、おなじ課の？」

そうだろうかと見当をつけて聞く。彼女は「ええ」とうなずいた。

「ともかく国友さんがちゃんと会社に来てて、仕事をしていてよかったわ。ほんと、『いままでより、いまから』って言うものね」

そうして彼女は足を止める。千鳥は廊下を進みつつ、彼女の言葉を反芻《はんすう》した。

——いままでより、いまから。

ここからの気持ちではじめる。

国友も、そして千鳥も。

「……わっ⁉」

いきなりかかえていたダンボールに衝撃が来た。箱が大きかったため、前が見えていなかったのだ。とたん、バサバサと上に乗せていた封筒と、見積書の表紙カバーが落ちていく。

それらがぜんぶ床に散らばりきらないうちに怒った声が飛んできた。

「きみ、気をつけたまえ！」

「あ、すみません」

「すみませんじゃないだろうが！　いったいどこの課員なんだ⁉」

「雑務課の千鳥です」

持っていたダンボールをいったん床の上に置く。目の前に立っていたのは人事部長だ。若干頭髪がさみしく、広い額の下にあるこめかみにくっきりと青筋立てた中年男の容貌を目にするのは、異動の辞令をもらったとき以来である。

「……雑務課か！」

まるでゴミクズか、と言わんばかりの口調だった。

「そこの人間がこんなところでなにしてるんだ⁉」

「荷物や、事務用品を取りに来ました」

「事務用品などいるわけがないだろうが⁉　会社の物品は私物じゃないぞ」

「いえ、仕事に使うために……」

事務用品を着服したように言われて、それは違うと弁明したが、仕事と聞いてさらに部長は眦《まなじり》を吊りあげた。

「雑務課に仕事なんかあるわけないだろ⁉　そもそも仕事ができないから雑務課にいるんだろうが」

部長が大声を張りあげる。廊下に居合わせた社員たちはびっくりした顔をするし、千鳥もなぜ自分がこうまで言われるのか見当がつかなかった。

そもそも前方不注意の自分は悪いが、雑務課をひっくるめて罵倒されるのは納得できない。それに針間は雑務課にいるけれど、きちんと会社の業務をしている。

「なんだね、その目は⁉　私の言うことに文句をつけるつもりなのかね？」

「いえ、そんなことは……ですが、あの課でも頑張るひとはいるんです」

刺すような視線に耐えて、ささやかな反論を試みてみたけれど、それは逆効果になったようだ。人事部長は嫌な感じににやりと笑う。

「ああそうだ。思い出したよ。きみは入社試験のときに最下位だった千鳥だな。なるほど雑務課に落ちたのもうなずける」

瞬間、千鳥はまばたきした。自分が試験で最下位だったのは知らなかった。人事部長の言うことだから事実なのかもしれないが、いまここで聞かされたい事柄ではない。顔を赤らめてうつむけば、さらに駄目押しが降ってきた。

「雑務課の人間なんて、しょせんわが社のお荷物だ。それをわきまえて、みずからの出処進退を考えるんだな！」

一方的に言うだけ言うと、部長は廊下から人事部のあるドアの向こうに入っていく。

雑務課ぜんぶを貶《おとし》められて、なのにろくに言い返せなかった自分自身が情けない。針間はやりかけの業務を進めようとして、毎日遅くまで頑張っているというのに……。

「なに、ぼけっと突っ立ってんの？」

すぐ横で声がした。ハッとそちらを見てみれば、都丸が微苦笑を浮かべているのが目に入る。

「床のやつ、拾ったら？」

「ああ、はい」

表紙カバーの一枚に靴跡がついていた。踏まれたのはただの紙だが、それ以外の大事なものも踏まれた気がする。千鳥は靴跡を手で払い、皺を伸ばそうとしたけれど、汚れも皺も取れなかった。

「あんたは知らないかも、なんだけどね。綿谷課長、以前は管理本部長だったんだ」

しゃがんだ姿勢の千鳥の上に、知らない事実が落ちてきた。

「四年前に、家庭の事情で辞めるって言ったんだってさ。それを惜しんだ社長がどうしても って引きとめて、結局綿谷課長のために雑務課を作ったんだ」

「課長のために、雑務課を?」

「そ。いわば相談役みたいな形で。出張もなく、残業もない。ただ、なにかあったら社長を はじめとする役員たちが、綿谷課長の意見を参考に聞きたがる。もちろん非公式なんだけど ね」

これには千鳥も驚いた。

「社長ほか役員たちが相談って、あのかたはそんな立場のひとなんですか?」

雑務課ののほほん課長は、それほどすごい人物だった……?

「だから課長のために、どの組織にも紐づけされない独立部署があるんですね?」

この問いを都丸はうなずくことで肯定する。それから「んで、この話には続きがあるん だ」と前置きし、

「そのあと空いた管理本部長のポストには、人事部長が座れると思ってた。だけど、蓋を開 けてみたらそれはあっさり空振りで。狙《ねら》ってた役職をふいにしたのは、元々自分と気の合わ なかった綿谷課長のせいだと思った。だから、それ以後は雑務課が目の仇《かたき》」

まるでその場を見てきたような都丸の説明だった。

「でも、それっておかしくないですか？」

「なにが？」

「人事部長にまでなって、それでも不満なんでしょうか？」

アマダ商事の組織は、管理本部の下に総務課と経理課がある。本来なら人事に関する部署も横並びになるところを、これだけは部の扱いになっているのだ。つまり、人事部長は事務方では飛び抜けた権限を持つ存在だ。管理本部長には及ばないが、人事部長はもう充分に『偉いひと』ではないだろうか。

なのにいつまでも根に持つのは不思議だと感じていたら、都丸に笑われた。

「バッカだね。出世するのにここでいいなんてあるもんか。あと、さっきしつこく絡んできたのは、針間のことも嫌いだからだよ」

「針間さんを……？」

「去年の秋にさ、全社合同コンペがあって、優勝は人事部長だと言われてた。下のやつにはもっとじょうずなプレイヤーもいたけどね、ゴルフには異常にムキになる部長のことはわかってて、適当に手を抜いていた。なのに、部長と一緒のグループで回ってた針間が優勝しちゃったんだ。そのせいで針間は雑務課に落とされた……って、これはもっぱらの噂《うわさ》だけどね」

「そんなことで？　でもそれって、不当な扱いです」

「そう言ったって、どうにもならない。不当なことならどこにでもあるだろう？　たとえば、あんたの前の部署ではどうだった？」

指摘されれば、千鳥は言葉に詰まるしかない。

——マジ、なにやらせても使えねえの。もう人間やめたらってレベルだな。

最初から八つ当たりの標的にされ、サンドバッグも同然だった。いま思っても、あれは言葉の暴力だ。ついにはいたぶられ慣れてきて、自分からなんとかしようと思えなくなるくらいまで、千鳥は追い詰められたのだ。

都丸は「ここでじっとしてると邪魔」と、千鳥をうながしてエレベーターホールへと向かわせる。

「……まあ針間のやつが不当な圧力に負けまいとしてるのはわかるんだ。あいつがやけに上から来るのはムカつくけどね」

でもさ、と低く彼が続ける。

「あんたはつきあう義理ないじゃない？　針間は人事部長に睨まれているんだし。このプロジェクトが成功するかどうかもわからないのに、無駄な努力は疲れるって思わない？」

無駄な努力。それならこの二年間ずっとしてきた。

訴えても届かない声。おのれの無力さを何度となく思い知らされ、身体が固まって動けなくなる。先の見えない苦しみに苛《さいな》まれ、毎朝起きると——ああ自分は独りぼっちだと自覚する。自分以外は誰もいない部屋のなか、この世にたった独りだと。

「……はい、疲れます。疲れてました、本当に。だけど……」

いままでより、いまから。

「針間さんは、僕に指示を出してくれます。失敗したら、その理由も聞いてくれます。うまくいくと褒めてくれます。だからいまは、疲れるとは思いません」

針間が雑務課にどうして来たかの事情を聞かされてよけいに思う。

彼もいままでよりいまからの人間なのだ。

そう……ここからがはじまりだ。

千鳥も、国友も。そして針間も。

エレベーターの箱に乗りこんで、都丸はしばらく口をひらかなかった。ポン、と着階を報せる音がしたあとで、廊下に出ながらぼそりと洩らす。

「国友さんは、あんたを手伝っているよねえ」

「あ、はい。そうです」

「俺も……あんたの業務を手伝おうかな。いまのとこ、特にすることもないんだし」

え、と千鳥は目を見ひらいた。

「ほんとですか？」

「うん。ただし、俺が手を貸すのはあんたにだけ。針間に指図がましいこと言われると、脊《せき》髄《ずい》反射でムカつくから」

条件つきだが、都丸も仲間になってくれると言う。千鳥は目を輝かせた。

「お願いします。ありがとうございます」

「いやまあ礼はいいんだけどね。そもそも暇潰しだし」

ガラス扉の前まで来て、都丸が千鳥のほうに手を伸ばし、ひょいとダンボール箱を引き取った。

「とりあえず、このあたりから」

「え、いいですよ。僕が自分で……」

「手が使えない。ドア開けて」

あせっていたら「早く」と言われる。千鳥が一、二歩先に出て、そこのドアを押してひらくと都丸が脇から入る。

「これ軽いけど、いったいなにが入ってる？」

「えと、確認してはいませんが、分析センターからだからゴムスポンジのサンプルだと思います」

「サンプル試験でデータ取り？　それなら、俺得意だわ。ブツは違うけど、前の部署でさんざんやってきたことだしね。針間が物性の資料を求めているんなら、こっちにそれを回してよ」

「あっ、はい。物性の試験値ですね。席に戻ったら、メールにつけて送ります」

「あと、シッパーとの交渉も。限界まで安くするようにしてやるからさ」

そう言う彼の表情は明るかった。ついこのあいだ見たような、皮肉っぽい表情はどこにもない。

「助かります。お願いします」

「まかせとけって」

都丸が自信ありげににやりと笑う。

「この会社の誰よりも、早く、安く税関をとおしてやるから」

そこも開けて、と都丸が雑務課のドアに向かって顎《あご》をしゃくる。千鳥は急いで前に出た。

「はい、どうぞ、都丸さん」

いままでより、いまから。

雑務課の面々はここからはじめる。

3

千鳥が針間の手伝いをはじめてから半月あまり。千鳥は相変わらず目の回る忙しさだ。

針間がやろうとしていることは、インドネシアで生産される天然ゴムを、日本の企業に納品すること。簡潔にまとめれば、要はそれだけともいえるのだが、実際におこなうのはそう簡単なことではなかった。

「ええか。和泉化学は、特殊なタイヤをつくりたがっとる。低燃費と高グリップを実現させる、高機能の自動車タイヤや。そんで、そいつを作るには、天然ゴムを素材にしてまずは合成ゴムのマスターバッチの仕込みをする。で、そうやってできたそいつに、今度は特殊な薬品を練りこんで焼きあげるんや」

「焼く、ですか?」

「せや。ゴムは発泡製品や。原料を練りこんで、発泡剤やらなんやらで膨らませる。そのあとで型に入れて焼きあげ、ゆっくり冷まして、安定させる」

雑務課にある千鳥のデスクをあいだに挟んで、針間がそう教えてくれる。

「いわば、パンと似たようなつくりやな」

わかるやろ、と言ってくる針間はデスクの前に立ち、千鳥は椅子に腰かけて、山積みの資料を前にうなずいた。

「まあ、そのあたりはこれと、この資料を熟読しとき」

針間がダブルクリップで綴《と》じてあるコピーの束《たば》を指差して言う。

「はい。わかりました」

針間の仕事を手伝うためには、ある程度専門知識が必要になる。これまでの部署とはまた違う分野での取り組みとなり、千鳥は毎日頭がパンクしそうになるまでゴムの知識を詰めこんでいた。

「TOCOM《トコム》が出してる検定試験のテキストも読んどきや」

「はい」

針間が使っていたというお古の教材は、千鳥のバッグのなかにある。時間が無駄になるのが惜しく、自宅に帰ってからはもちろん、朝晩の通勤タイムにもそれらをせっせと読んでいるのだ。

「ほな、ここまでで質問は?」

「あ、でしたらこの製品の収縮率は?」

千鳥がタイヤ用のゴムスポンジのひとつを指せば、針間はすぐに答えてくれる。間近にあるのは、ともすれば冷ややかに見えがちな完璧《かんぺき》すぎる顔立ち。けれども、針間は見た目によらずなかなかに世話焼きで、情に厚い男なのだ。

「針間さん」

「ふん？」

「いつもありがとうございます」

ほんのりと微笑《ほほえ》みながら千鳥が述べたら、いきなり針間がぐっと眉間に皺を寄せた。

「礼なんか言わんでええ」

「え……す、すみません」

怒らせたかとあせったが、針間は「ちゃうわ」と首を振る。

「なんでもかんでもあやまらんとき。男が安うなるやろが」

そうしていきなり立ちあがった針間の耳がほんの少し赤いのは、千鳥の気のせいなのだろうか？　もうちょっとよく見てみたいと顎をあげたら、針間は顔を背けてしまった。

「ほら行くで！」

そっぽを向きつつ、デスクを回ってドアのところにどかどか足を進めていく。いつになく荒っぽい足音を立てるから、千鳥はなにか悪いことをしたのかと不安になった。

「針間さん……？」

「飯や、飯。もう十二時を過ぎとるやろが」

＊　＊

千鳥が針間に連れられて入ったのは、ビルを出て少しばかり歩いた先のちいさな店だ。

「ここ、結構好きやねん」

ビルの路地裏にあるその店は、昔ながらの暖簾《のれん》のかかった蕎麦屋《そばや》だった。

「食いもんは関西のがええけどな、正直こっち来て蕎麦は美味《うま》いと思ったわ。あと寿司も。こないだ築地の場外で食ったやつはネタが抜群に新鮮やった」

「僕も、あそこで食べたちらし寿司は好きでした」

「そやろ？」

まるで自分の手柄であるかのような調子で言って、慣れたふうにカウンターに腰かける。

「おやっさん、天麩羅《てんぷら》な。あと、かやくご飯の大盛りと」

「はいよっ、と。……そちらさんは？」

法被《はっぴ》姿の店主だろう男からたずねられ、千鳥はとっさに返事した。

「っ、僕もおなじで」

木の椅子を引きながらそう言って、針間の横に腰かける。

「千鳥も天麩羅が好きなんか？」

「あ。ええ、はい」

実際には特別に好きと言うほどでもないが、迷って待たせるのが申しわけないと思ったのだ。そのあとしばらくは午後の段取りについて聞き、それが一段落したときに針間が別の話題を振った。

「俺は最近ここばっかやけど、千鳥はいつもどうしててん？」

竹筒に入れられた七味をなんとなくいじりながら針間が聞いた。

「昼は……だいたい、パンとかを」

これは半分だけ嘘だった。ここ半年ほどは昼の食事が喉《のど》を通らず、たまにサンドイッチを食べることもあるにあったが、だいたいは昼食抜きが続いていた。

「パンて、そんなもん腹の足しにならんやろ？」

言うなり、針間が千鳥の腕に手を伸ばした。

「ほら。んなことやっとるから、こんなに細い」

手首を摑んで持ちあげられて、まじまじとそこを見られる。入社のときに作ったスーツとワイシャツは、確かに余裕がありすぎて、借り着と思われてもしかたがないほどみっともないことになっていた。

「もうちょっと精つけなあかんで、ほんま。こうやって摑んでても俺の指があまってるやろ？」

針間の指は長くて、節高で、彼らしい形のよさだ。引き換え、千鳥のは爪が丸くて子供っぽい。こうやって針間のそれをまじまじ見れば、生まれ持った遺伝子の違いをはっきり感じてしまう。

「今度はトンカツ食わしたるわ。この近くにええ店あるねん」

針間の指に見惚れていたら、そんなことを言ってきた。

「揚げたての美味いやつ、奢《おご》ったるから」

「え、そんな」

千鳥はあせって顎を引いた。

「おごりなんて、いいですから」

「なんでやねん」

ムッとした顔をされると、ひときわきつい印象が強くなる。しかも、針間はいっこうに摑んだ手首を離してくれない。

「俺のおごりは嫌なんか？　それともトンカツが嫌いなんか？」

詰問口調に、千鳥は目を白黒させる。

「どっちも、嫌じゃないですけど……」

「へい、お待ち」

ふたりのあいだにずいっと丼《どんぶり》が現れる。蕎麦の入った器は湯気をあげていて、針間はそれを両手で受けた。

「そちらさんも」

おなじく天麩羅の乗った蕎麦が差し出され、自由になった手で、千鳥も器を受け取った。かやくご飯と、沢庵《たくあん》の漬けものは、絣《かすり》の着物にもんぺ姿の女性店員が運んでくれる。

「……すまんかったな」

ややあってから、ついむきになってもうたと針間がつぶやく。

「俺の悪い癖やねん。けど、いまのはほんまにジブンになんかしたかったんや」

「僕に、ですか？」

「うん。ジブンはいろいろと俺を助けてくれとるやろ？　国友や、都丸が手を貸してくれたんもジブンのお陰や」

「そんな。僕はそれほど助けにはなっていません」

謙遜《けんそん》ではなく、実感として千鳥は言ったが、針間は退《ひ》かずに言葉を重ねる。

「いいや、そうやし。なんていうか、ジブンがほわっと笑う顔がええんやろうな。なんや、気い抜けるっちゅうか。いつもは真面目で、結構緊張もしとんのに、なんかの拍子にほこっと笑うと、こっちまでよけいな力みが取れんねん」

それはまったくわからなかった。この課に来てから、自分は思うより自然な気持ちで過ごしているから、知らずに笑みを浮かべているのかもしれないが。

「あの、僕……」

笑顔がいいなどと言われて、千鳥の頰がじわじわと赤くなる。ちらりと見れば、針間まで微妙な顔で口をむずむずさせていた。

「……こんなん誰かに言うたんは初めてや」

ごく低くつぶやくと、針間は箸《はし》立てから割り箸を抜き取った。

「ほら。蕎麦がのびるで。早《は》よ食べんかい」

「あっはい」

天麩羅蕎麦は美味《おい》しかった。野菜のかき揚げは、タマネギと、ニンジンと、ジャガイモと、サツマイモの細切り、それに大葉の刻んだのが入っていて、サクッとした口当たりが少し甘めの蕎麦つゆとよく合っている。千鳥はいつになく食が進み、かやくご飯も残さずに平らげた。

「う。もう……お腹《なか》いっぱい」

これ以上は入らないと胃の上をさすっていたら、針間に苦笑されてしまった。

「こんなんで腹いっぱいか？　俺やったら、このあとカツ丼食えるんやけど」

デザート代わりにカツ丼。千鳥にしてみれば、信じられない食欲である。このスマートな男ならば、むしろオリーブオイルのかかった、目にも美しい魚介類の料理かなんかを食べていそうなイメージなのだが。この関西弁といい、つくづく見た目とのギャップを感じさせる男だった。

「なあ、千鳥」

どうでも自分が払うと言い張る針間に折れて、礼を告げて店を出たあと、横に並んだ彼が話しかけてくる。

「ジブン、外国語はどんだけしゃべれる？」

「英語と、大学のときに取ったイタリア語が少しです」

「そんだけか？」

「はい」

「そんなら、ネシア語は知らんねんな？」

「はい。すみません」

「あやらまんでもええんやけど」

針間は視線を遠くして、なにか考えるふうだった。

なんだろうと思っていたら、しばらくしてからこちらを見やる。

「やっぱ、ネシア語はさわりだけでもおぼえとくほうがええわ。先々、現地から電話がかかってくることもあるやろうし」

もっともな言い分なので、千鳥は素直にうなずいた。

「そうですね。今日にでも本を買ってきて勉強します」

「本もええけど、もっと簡単で効果的なやつがあるやろ？」

簡単かつ効果的？　見当がつかなくて、千鳥はきょとんとした顔になる。針間は自分のスーツの胸をパンパン叩いた。

「これや。ここ」

「ここ……？」

「せやから、俺やと言うとるやろが！」

半月あまりのあいだに知ったことなのだが、針間はかなり気が短い。あるとき自分でも認めていたが、関西弁では「イラチやねん」ということらしい。そして、千鳥は鈍くさいほうなので、たまに鋭いツッコミを入れられる。

「針間さんが効果的？」

「せや。しかも回数チケットつき」

いまひとつ彼の言うことがわからない。

「えと。それはどういう……？」

つぶやきながら、コシが足りずにセットしにくい黒髪を斜めにすると「ひとの話を聞いとったんか!?」と怒られた。

「俺がジブンに教えたる言うとんねん」

「え。でも……針間さんはお忙しいし」

「今度の土曜日は出社やけど、日曜日は空いとるし。俺の仕事を手伝《てつど》うてくれてる礼や」

でも、本当にいいのだろうか？　針間の休日を潰してしまって。

ためらって、すぐに返事をしないでいたら、待てない針間が怖い顔でこっちを睨む。

「で、どうやねん？」

「ですがお礼なら、さっきお昼をおごってもらって。それだけで充分……」

「俺が無料《ただ》で教えたる言うとんねん。ありがとうって答えんかい！」

大きな声にビクッとなって、反射的にうなずいた。

「あっ、はい。ありがとうございます」

「よっしゃ、決まったな」

満足げに針間は告げると、大きなストライドで歩を速めた。千鳥はほぼ小走りでついていくが、アマダビルまですぐの距離に来たとき、針間が足をやや緩めて振り返る。

「午後からは馬力出して働くで。都丸にもやってもらうことがあるんで、ジブンは中継よろしく頼むわ」

針間に初めて「頼む」と言われた。それがうれしくて、千鳥は「はい！」と返事する。

「お。元気やな。その調子で頑張りいや」

眼鏡の奥の針間の眸が笑っている。それもうれしくて、千鳥の足取りが弾んでしまう。

こんな気分で仕事のできる日が来るなんて思わなかった。自分にもちゃんとできることがある。ほんのちょっぴりだろうけど、針間に頼られているかもしれない。

蕎麦を食べた千鳥の身体はほかほかしていて、自分では気づかないまま頬を綺麗なピンク色に染めていた。

4

「邪魔してええか?」

「もちろんです。どうぞ」

日曜日、針間が訪れたのは千鳥の住むマンションである。千鳥が教わるのはインドネシア語の会話であり、どうしても声を出す必要があることから、図書館や、カフェなど、ひとのたくさんいるところでは無理だった。かといって、会社が用意した針間のワンルームマンションも難しい。針間が言うには「来てもらってもかまへんけど、おかんがあれこれ送ってきて、まだ荷ほどきをしてへんねん。ベッド回りしかスペースがないんやけど、それでもええか?」とのことで、千鳥は「でしたら、その。僕の部屋でもいいですか?」となったのだ。

「広いし、日当たりのええとこやん」

リビングに通されて、針間が感心したふうに言う。

千鳥の住むマンションは、都内でも神奈川県寄りの住宅地になる。築年数こそ古いものの、ファミリー向けの物件で、リビングがゆったりした2LDKだ。

千鳥は針間にソファを勧め、自分はキッチンで彼に出すお茶を淹《い》れた。

「紅茶にしましたけど、よかったですか？」

「ああ、ありがとさん」

当然だろうが、針間はスーツではなく休日の服装だった。長袖《ながそで》のカットソーに、上はショート丈のブルゾン。ボトムは黒のスリムパンツで、ものすごく格好いい。対する千鳥は学生時分に購入した無地のトレーナーに、コットンパンツ。髪型もそれに合わせて無造作なものなので、大学生と言ったところで少しも違和感のない外見だ。

こうやって私服でいると、まるで男性ファッションモデルと、冴《さ》えない学生の取り合わせ。なのに、おなじ課で働いていられるし、こうして外国語も教えてもらえる。ありがたいなあ、うれしいなあ、と千鳥は自身の幸運をしみじみと感じてしまう。

「千鳥」

「はい」

盆を持ったまま、くるりと振り向く。すると針間は目を瞠り、しばしのちにこちらを見ながらぼそっと洩らした。

「またなんや、可愛《かわい》らしゅう笑っとるんやな」

「……っ」

可愛らしい。その言葉に驚いて、思わず身体が固まった。

針間は自分を可愛らしいと言ったのか？　しかも、こんなやさしい目をして。

「ん、なんや？　そんなしゃっくりを飲みこんだみたいな顔で。俺が、なんか……」

言ってから、針間は右手で口を覆った。それからその手を首のところまで撫《な》で下ろす。

「……あーえーと……千鳥、その。……そろそろ勉強はじめよか？」

常になく歯切れの悪い針間の口調。ばつの悪そうな彼を見ると、千鳥までが落ち着かなくなる。なんだか胸がドキドキするし、視線も無意味に泳いでしまった。

どうしよう。なんでこんなに……と困っていたら「ほら、来いや」とうながされる。

千鳥はとっさに「へい！」と間抜け全開の返事をし、手にした盆を取り落とす体たらく。しかも、それを拾おうとして蹴《け》っ飛ばし、恥の上塗りをしてしまった。

「なにやっとんねん」

「そ、そうですよね。すみません」

まるでドタバタ喜劇である。ちらりと見れば、さすがに針間も呆れた様子だ。顔を赤くしてリビングに引き返し、千鳥は身を縮ませてローテーブルの前に座った。

「なんや、そこに座るんかいな」

針間はソファに、千鳥はテーブルを挟んで直《じか》に座っている。向かい合わせのほうがいいのかと思ったから、そこを聞かれて驚いた。

「え、駄目でしたか？」

「いや、別に。……まあええわ。はじめよか。最初は挨拶するとこからな」

針間は自分のあとに続いて復唱させるやりかたで進めていく。

「スラマッパギ。これはおはようや」

ほら言うてみ、とうながされ、千鳥は針間を真似《まね》てしゃべる。

「ほんなら次は、スラマッシアン。これはこんにちは」

口移しに、千鳥は言葉を重ねていく。

針間に言わせると、インドネシア語は世界でいちばん習得しやすい言語だそうだ。しかも、日本人にとっては、綴《つづ》りがローマ字に似ているのと、発音が簡単なのとで、よりおぼえるのが楽らしい。

「ありがとうは、トゥリマカシッ。どういたしましては、クムバリ」

ひとつひとつ順を追って、針間は丁寧に教えてくれる。つっかえると何度でも繰り返し、気がつけばいつの間にか昼過ぎになっていた。

「ちょい、このへんで休憩しよか」

言われて、ほっと息をつく。

「テストで点を取るための勉強やないからな。何度でも口に出して、しゃべるのに慣れればええねん」

「はい」

真面目な顔でうなずくと、針間が口元をほころばせる。

「ほんなら、昼飯。このへんで、どっか食いに行くとこあるか？」

針間は外へ食事に行く気だったらしい。そのほうがいいのだろうかと迷いつつ、千鳥はいちおう昼食の用意があることを針間に告げた。

「昼飯作ってくれとったん？」

「あ、でも下ごしらえをしていただけで。少し待たせてしまうので、外に出かけたほうがいいなら」

男の手料理など嫌かもしれない。そう思って聞いてみたら、針間は「なんでやねん」と腰をあげた。

「せっかく用意してくれてたのに、よそで食ったらもったいないわ。俺も手伝うから、ちゃっちゃっと作ってまお」

「針間さんが？」

「おお。なに作るつもりやってん？」

針間はさっさとキッチンに向かっていく。

「俺はなにをしたらええ？」

「じゃあ……卵を溶いていただけませんか？」

千鳥はカツ丼にするつもりで、材料を揃えていた。カツはもう揚げるだけにしてあり、丼と一緒に出す吸いものも鍋《なべ》のなかにできあがっている。

前にこれは食べられると言っていたし、この献立ならさほど針間を待たせずに済む。千鳥が天麩羅鍋に衣をまとった豚肉を入れていると、針間が「次はなにするねん？」とたずねてくる。

「それじゃ、三つ葉を刻んでもらってもいいですか？」

「おお。ここに出しとるやつやな？」

針間は炊事に慣れているようだった。流しのどこに包丁があるのかもすぐに見当がついたようだし、葉物を刻む手つきも危なげない。さらには、千鳥がカツを揚げているうちにタマネギまで薄くスライスしてくれた。

「針間さんて、普段料理をするんですか？」

「ん、実家におったとき、たまあにな」

「たまになのにじょうずですね」

針間のようにできる男は、なにをやらせても器用にこなすものなのだろうか？　千鳥のほうは必要があっておぼえたが、いまだになにを作りたかったか不明な料理になることもあるのだが。

「そうか？　そら、褒めてくれてありがとさん。せやけど、面倒なんが先に立って、料理はあんまり作らへんしな。俺が得意にしとったんは、タコ焼きくらいや」

「針間さんがタコ焼きを？」

「ああ。それと、あと明石《あかし》焼きと。こっちは玉子焼きともいうてな、タコも入っとるんやけど、卵と出汁《だし》の味がきいてる。ほんで、ふわっふわでとろっとろのそいつを、澄まし汁のなかにつけて食べるんや」

「それは……美味しそうですね」

調子を合わせた台詞ではなく千鳥はつぶやく。針間はあっさり「そんなら今度作ったるわ」と返してきて、千鳥の目を瞠らせた。

「おかんがいろいろ料理道具を送ってきたらしいねん。せやから、千鳥が俺んとこに来たときに」

千鳥が針間の部屋に行くのが、もう決まったことのような話しぶりだ。

「そんでええやろ？」

「あ。ええ、はい」

そう返事はしたものの、果たしてそれでいいのだろうか？　今日のカツ丼はあくまでもインドネシア語を教えてもらったお礼であり、見返りをもらうのはあつかましいのではないだろうか？　とはいえ、いつだと決まったわけでもないのだし、いまさらやっぱり遠慮しますも変かもしれない。もちろん針間の親切はうれしいが……と千鳥は脳内をぐるぐるさせつつ、それでもどうにか手を動かして、無事に昼食を作りあげた。

「うん。美味いわ、これ」

　リビングのソファを背に、千鳥とおなじくラグの上に直に座って、針間が感嘆の声をあげる。

「ほんとですか？　ありがとうございます」

「いや、礼を言うのはこっちやし」

ふた切れ目のカツを挟んだ箸を止め、針間がテーブル越しに千鳥の顔をじっと見つめる。

「ほんまに千鳥には助かっとんのや。ジブンのお陰で、矢島も結局この仕事に噛んできたしな」

「そんな。僕がどうこうってわけじゃなく、矢島さんは自分から手伝いを申し出てくれたので」

昨日、矢島は針間のデスクの前まで行って、こう告げたのだ。

――ひとつ条件を呑むんなら、俺もおまえのプロジェクトに乗ってやらないこともない。

――それはなんや？

――もしこのプロジェクトが失敗したら、おまえだけの責任だ。サポートしてやった俺にはいっさい関係ない。それからなにをどう手伝うかは、俺にまかせてもらう。

この傲慢《ごうまん》な言い草に、針間はあっさり、ええよと言った。

――責任は俺だけが取る。ただし、なにをしてほしいかはこっちから言わせてもらうわ。

手段は別に問わへんけど、見当違いの資料をもらっても困るしな。

針間も決して負けておらず、言いたいことはずけずけ言う。矢島がぎりっと歯を食いしばり、針間のほうを睨むから千鳥は心底はらはらしたが、ひとまずその場は互いがそれ以上の発言を控えることで収まりがついたのだ。

「なあ、千鳥」

「はい？」

「俺はこっちのゴム課やなしに、雑務課への辞令が下りたと聞いたときには、めっちゃ腹が立ったんや。いままで俺がやってきたことはなんやったんや。こんなあっさりと潰される程度のもんやったんかって」

その内示が下りたとき、即座に上司に食ってかかったと針間は言った。

「せやけど、上はどうにもならんの一点張りや。人事の決めたことやからって、そればっかりで」

まあ、しゃあないけどと、針間はひとつ肩をすくめる。

「皆、自分のことだけでいっぱいなんや。俺もさんざん勝手にやってきたからな、こんなときだけ上の手を借りようなんて虫がよすぎる。それも充分わかってるけど……」

「けど、なんでしょう？」

針間の話に引きこまれ、千鳥はその先をうながした。

「あきらめきれへんかったんや。ネシアで買いつけの目星をつけて回ったときに、農園の連中がすごうよろこんでくれたしな。なんとしてもこの仕事を実現したいと思ったんや」

針間が巡った農園は、ほとんどが個人で営む零細なものだという。一家総出でゴム樹液の採取をし、バケツに溜《た》まったそれを荷車で引いて戻る。樹液を洗い、乾かして成型するのも、すべて人力に頼った方法での労働だ。

「せやから、俺とこの会社が安定的に買いつけるのは農園のひとたちの基盤にもなる。そりゃ、いくらでも安いものが欲しいんやけど、自分だけよかったらええんとちゃうし、世界を回すのも大事やろ?」

「世界を回す……?」

「そや。俺ら商社は極論すれば、生産者から買い手のところへブツを運ぶだけのことや。そやけど、ただ仲買いをするのやのうて、売り手も、買い手も、いまよりもっとようならんとあかんのや。さらには最終的にその品を手にする一般の客たちが、もっと便利に、もっと豊かな暮らしができるようになる。そのために、俺らが世界を行き来して、あっちとこっちを結ぶんやろう?」

自分たちが橋渡しをして、そこに介在するすべての人々を豊かにする。自分たちの働きが、世界を回す歯車のひとつになる。針間はそう伝えているのだ。

「針間さんはそのために、いまの仕事をやりとげたい……?」

「そうや」

迷いなく彼は言い切る。

針間は自分の立場だけを考えているのではない。会社の利益も大事だけれど、それ以上にこの仕事に誇りを持ち、自分の使命だと考えている。彼の高い志を感じた千鳥は知らず胸に熱いものがこみあげて、喉が詰まってしまったけれど、こくんとそれを呑みこんでから彼を見返す。

「僕も、そんな仕事を手伝えてうれしいです。もちろん僕のヘルプなんて、ほんとにささやかなものですけど」

「そんなことあらへん」

強い口調できっぱり言われる。

「この仕事がなんとか形になりそうなんは、千鳥のお陰やと思うとる」

針間は箸を置き、真面目な顔で言葉を継いだ。

「誰もが俺にそっぽを向いとったあのときに、ジブンだけが協力するて言うてくれた。雑務課に来た最初の日には、めっちゃ怖がっとったのに。逃げ損ねて捕まったちっちゃいのが、こいつは自分を苛めるんやないかって、そうやなかったらええのにって、ほとんどあきらめと、少しの期待の交じる目でこっちを見とった。おもろいやっちゃと言うたけど、俺はなんや変な気がして……。そしたら、次の日には手伝う、やろ。どんだけ勇気がいったんかと思ったし、せやのに協力してくれてありがたいとも感じたんや」

テーブルに置いていた針間の手が前に出た。おなじくテーブルに乗せていた千鳥の拳の近くまで来て、ふと止まる。

「国友さんが業務に参加してくれたんは、千鳥の傍《そば》におると安心するからや。都丸はプライドが高いから、千鳥にお願いされる格好で加わりたい。そんで、矢島はいままで様子見しとったけど、俺に三人がついたから成算ありと見極めたんや」

ああなるほどと、千鳥は感心してうなずいた。針間はちゃんと千鳥の気持ちを汲《く》み取っていて、しかも周囲の状況もよく見ている。

「せやから、ジブンには感謝してる……って、こんなこといまさら言うかって感じやけどな」

「そんな、そんなことないです。僕だって、針間さんに救われました。雑務課に来たときは、もうどうしようもなくなっていて。僕の生きてていい場所なんて、どこにもないって気がしてて。だから、僕は……っ」

生きていていいかどうかを決めるのは、他人ではなく自分だろう。それはよくわかっていて、だけどどん詰まりにいたときのつらい気持ちを思い出して千鳥は言った。

ごく普通の人間として扱ってもらえることが、どれほど救いになったのか。

どうしても自分の気持ちを伝えたくて、つい必死になりすぎて、千鳥は無意識に針間の手の上に自分のそれを重ねていた。

「本当にお礼を言うのは僕のほうです。ここに来て、針間さんに教えてもらって、僕はやっと居場所を見つけた気持ちなんです」

いきおいこんでそこまで言って、千鳥はハッと気がついた。

自分の手……！　あわてて引っこめ、言いわけを探した口がぱくぱく動く。まるで腹話術師の人形のような千鳥を、針間は苦笑ともなんともつかない顔で眺め、ゆっくりと自分の腕を引いていった。

「……なんやすっかり話しこんでしもうたな。これ食い終えたら洗いもんして、また勉強をはじめよか？」

「はっはい」

少しばかり冷めてしまったカツ丼は、口にしてももはや味がわからない。千鳥は吸いものの助けを借りてなんとかそれを腹に収めてしまうまで、針間の顔が見られなかった。

＊　＊

インドネシア語を教わるのは、予想よりも楽しかった。

「まさか、はマサ。まさかのマサ」

「わたしはサヤ。サヤちゃんやのうてもサヤ」

などと、針間はところどころで面白い言い回しを使ってくる。千鳥はちいさく噴き出しながら復唱し、針間の言う単語をひとつずつおぼえていった。

「頭が疲れてきたやろう？　またちょっと休憩しよか？」

時刻は三時を過ぎていた。途中でペットボトルの煎茶《せんちゃ》を出していたのだが、しゃべり続けるのも疲れるだろう。千鳥は「はい」と言ってから、キッチンの冷蔵庫前に行き、昨日の晩に作っていたマグカップを取り出した。

「あの。針間さんは甘いものは平気ですか？」

「おお。俺は好き嫌いはいっさいないんや。さすがにネシアで出されたサル料理はきつかったけど」

それでもコウモリはなんとか食べたと告げる針間に、千鳥は冷やしたカップをテーブルにコトンと置いた。

「ん？　……プリン？」

「お口に合うといいんですが」

スプーンも添えて出すと、針間はすぐにひと口食べた。

「美味い。これ手づくりやんな？　むっちゃ手間がかかったやろ？」

「いいえ、少しも。混ぜて、レンチンして、冷やすだけの簡単なものですから」

「そんでも美味いわ。ウチのおかんは菓子作りとか、洒落たことはせえへんからな」

母親はそうだったのかもしれないが、これまでに彼女からもらったことはないのだろうか？

ふっとそんな想いが湧《わ》いて、千鳥は急いでそれを払った。

ちょっとやさしくされたからって、プライベートに踏みこみすぎだ。針間ほどの男なら女から引く手あまたで、手づくり菓子などもらい飽きているはずだ。

そう思ったら、胸がチクンと痛んだけれど、そこはあえて無視を決めこむ。

「さっきのカツ丼といい、千鳥は料理じょうずやな」

「いえ、そんな」

「ほんまやて。調理器具とかも、使いこまれてる感じやったし」

「それは……母、が使っていたから。だから、僕はそれほどじょうずじゃないんです」

針間は「ふうん」と低く洩らした。それから、リビングのサイドボードに置かれている写真立てを見る。

「千鳥によう似てはるな」

気づいていた。が、当然だろう。針間の位置からは普通にそれが目に入るし、サイドボードには母の写真とコップに活《い》けた花しか飾っていなかったから。

「……針間さんのお母さんって……どんなかたです？」

明るくもない自分語りをしていいのかわからなくて、千鳥は彼に話を振った。

「そうやな。なんか、のんびりしとる。買い物行くて出かけたのに、近所の婆さんとおしゃべりして、そこん家《ち》の手伝いしてそのまんま帰るみたいな。買い物はどうしたんてたずねたら、あら忘れとったて笑いよんねん。そのへん、ウチの兄貴も一緒や」

「針間さんには、お兄さんがいるんですか？」

「おお。いっこ上や。けど、これがまたおかんに輪をかけておっとり、ちゅうかマイペースで。ガキんときなんか上履き隠されたり、服に墨つけられたりして、あっからさまにいじめられとんのに、それにも気づかんくらいやねん。俺のほうでは、そいつらが意地悪しとんのはばっちりわかるし、そんなん見てたら歯痒《はがゆ》うてたまらんし。せやから、たいていそういうときには俺がダダッと出ていって、そいつらのこと腕でも口でも負かしたった。そしたら兄貴は、そんなにせんとってって、そいつらのことかばいよんねん。泣かすん可哀相《かわいそう》やからって。自分をドブに落として笑ったやつらをやで」

聞いていたら、なんだか自分の子供のころを思い出した。

千鳥には針間のような弟はいなかったが、クラスメイトにこづかれて泣きながら帰ってきたとき、母親が自分のことかというほどに腕を回して憤り、やり返せと言ってきたから。

あのとき千鳥はなんと言った？

そう。たしか――仕返ししてもすっきりしないし、こんなの別になんでもないから――そんなふうに返したのだ。

「でもきっとお兄さんは、針間さんが自分のために頑張ってくれるのがうれしかったんじゃないでしょうか。……そういうひとがひとりでもいるのなら、なにがあってもたいていは平気でいられるものですから」

昔の記憶が心を揺さぶる。

千鳥にもかつてはそんなひとがいた。

「針間さんは、いい弟さんなんですね」

家族のために本気で憤れる針間はやさしい。それはきっと、外見や頭のよさとはまた違う彼の美点だ。やんちゃで、気短で、怒りっぽいけれど、家族を心から思っている。針間のやさしさは本物だ。

「んな顔しなや」

「え……すみません？」

「そうやない。そうやのうて……あかんねん。そんな顔、見てもうたら」

針間はいきなりうつむいた。そうしてスプーンを持ち直すと、プリンをいっきに平らげる。

それからまた面をあげると、怖い目でこちらを睨んだ。

「なんかないんか⁉」

「はい？」

「なんか家族的にええ話や」

しゃべらずには許さないというような迫力が、声にも表情にも滲《にじ》んでいる。千鳥は懸命に記憶を掘り返した。

「ええと……母は頑張り屋で、女手ひとつで僕を育ててくれました。でも、苦労しているとか、そんな感じはまったくなくて、僕といると毎日が楽しいって、いつもにこにこしていました。休みの日には、レンタルＤＶＤの映画を観《み》たり、好きな展示があるときは美術館に行ったりも。祖父母はもういませんが、昔そちらの実家を訪ねていったときには母がアユを釣ってくれて、焚火《たきび》で焼いて食べた魚はすごく美味しかった」

ふんふんと針間はうなずいている。

「母はなんでもできるひとで、いろんなことを知っていて、僕は母を尊敬していたし、大好きでした」

いまは過去形で語るひとを、千鳥は本当に好きだった。

料理をするときいつも鼻歌を歌うひとを。授業参観のある日には、いつも汗だくで駆けつけてくれるひとを。熱を出して、うなされて目を開けると、かならずそこに見えるひとを。

「いちおう僕には父さんと呼べるひとがちゃんといて、いつも親切にしてくれますが、それでもやっぱり僕の親は母さんだけです」

「……父親はなにしとんねん？」

「会社の役員をしています。父には前の奥さんとの息子がいて、いちおう僕の異母兄弟になるんですが、これまでふたりで会ってしゃべったことはないです」

こう聞いた針間の眉間が険しくなるから、千鳥は急いで言葉を継いだ。

「えと。相手が嫌がったとかそんなんじゃないんです。むしろ仲良くしたがっているんだと父からは聞きました。でも、母があっちの家とは関《かか》わりを持ちたがらなかったので」

「なんでや？」

「その。母と父が知り合ったのは病院で。そのころにはもう前の奥さんは亡くなっていたんです。だから、不倫とかそういうのじゃなかったけれど、僕がお腹にいるのがわかって結婚の話が持ちあがったとき、父の親戚《しんせき》から看護師風情がどうとかって嫌みを言われて」

「そんで、千鳥の母さんは嫌みかました連中と喧嘩になった？」

千鳥はこくんとうなずいた。

「ひとを見下げるクソ野郎はこっちから願い下げって、座卓を摑んで引っくり返してやったんだと……母は理不尽な目に遭って黙っているタイプじゃないので」

「そっか。そらええな。俺も千鳥の母さんに大賛成や」

ある意味蛮行ともいえる行為を針間はリスペクトしているようだ。もしかすると、針間と自分の母親とは似た者同士なのかもしれない。

「母が亡くなって、父が一緒に住もうって気遣ってくれたけど……でも、僕はうんとは言えなかったんです。この家から離れたくなかったし……そういうのは違うかなって」

「うん。……そうやな、違う」

きちんとわかっている者の確かさで針間は言った。しかしそれきり黙りこんでしまうから、次第に千鳥は落ち着かなくなってしまう。

「あの、すみません。家族的にいい話にならなくて。気の沈む内容かもしれないので、聞き流してくださいね」

「聞き流さへん」

即答だった。

「忘れへんし、ずっと全部おぼえとく。そうしたら……」

らしくなく、言い淀《よど》む。そのあとはなかったけれど、千鳥は「はい」とうなずいた。

こんな、たいして楽しいことのない千鳥の話をぜんぶ記憶してくれる。針間のなかに収めてくれる。それは、つまり——過去の重さを分け持ってくれるということかもしれない。

たかが会社の後輩に。そんなことが軽々できる針間は強い。そしてやさしい。

「……ありがとうございます」

ごくちいさく洩らしたら「アホか」と短い返事があった。

「なんの礼やら、俺にはさっぱりわからへん。それより、ネシア語の続きや続き！　今日中に便所の場所ぐらい聞けるようにさせとくからな」

「はっはい」

「千鳥かて、現地でちびりとうないやろが。ええか。こっからは集中や。本気出しておぼえや」

「はい！」

返事はもうそれだけでいい。

針間は千鳥の大切な先輩課員なのだから。それ以上の気持ちなど必要ない。

千鳥は背筋をまっすぐにして、針間が教える異国の言葉に心を注いだ。

5

　四月が終わり、ゴールデンウイークも明けた週末。雑務課のメンバーは、綿谷の音頭で居酒屋に集まることになっている。彼いわく、飲み会をひらくのはこの課がはじまって以来だそうだ。

　会場は会社から歩いても行ける場所。居酒屋といっても大衆的な店ではなく、ビルの二階にあるちょっと小洒落た料理屋だった。

「へえ。会社の近くにこんなところがあったんだ」

「昔はちょくちょく仕事帰りに来たんだけどね」

　都丸にそう応じ、綿谷は部下を引き連れて奥の小座敷に入っていく。矢島と針間はもう少し仕事を片づけてから合流するということで、掘りごたつタイプの個室に座ったのは千鳥を含む男三人、それと紅一点の国友だ。

「お料理はもう運んでもよろしいですか?」

　この店の女将《おかみ》だろうか、立ち居振る舞いが美しい和服の女性は、丁寧かつにこやかに挨拶したあと、綿谷のほうにそう聞いた。

「ああ。あとでふたりぶん追加を頼む。それと、飲み物はとりあえずビールでいいかい？」

最後の台詞は部下たちに。皆がうなずくのを認めてから、綿谷が生ビールを人数分注文する。まもなく付き出しと、ビールとが運ばれて「それじゃ、プロジェクトの成功を祈って」と綿谷がジョッキを掲げてみせる。

「乾杯」

四つのジョッキが合わされて、いっきに半分を飲み干した都丸が「かーっ」と喉奥から声をこぼした。

「こんなにもビールが美味いのはひさしぶり」

「そうだね。私もだ」

たくさん飲みなさいと綿谷が勧める。

「いいんですか？　今夜は課長のおごりでしょ？」

「いいよ。今夜は好きなだけ」

うわあ、やったと、都丸が喜色を浮かべる。

「ほら。千鳥ちゃんも飲んで飲んで」

「えっ、あっはい」

素直に千鳥はジョッキのビールを口にする。

「うん、よしよし。千鳥ちゃんはいっぱい飲んで、いっぱい食べて、もっと太ればいいと思うよ」

軽く目を細めてから、都丸が隣の上司に向き直った。

「それで、課長。飲みの席で申しわけないんですけど、デリバリーの件について、ちょっと伺いたいことがあって」

「ああ、かまわないよ。ただ、もう現場からずいぶん離れているからね。答えられるかどうかわからないが」

この台詞が謙遜であったと知るのはまもなくで、なにを聞かれてもすらすらと綿谷は応じる。船便、航空便、トラック便、鉄道便。貨物輸送に関して彼の知識は膨大で、都丸の質問に応じるばかりか、現地での交渉のコツなど現場に詳しい人間だけが持つトリビアも有していた。

都丸と綿谷とが次に頼んだジョッキのビールを飲み干すまで専門的な会話は続き、壁際ですでに空気と化している国友をちらりと見たら、目だけで微笑み返してくれた。

「……はあ、なるほど。勉強になりました」

「いや、きみの役に立てたのならよかったよ」

都丸が頭を下げ、それから晴れ晴れした顔で真正面の千鳥を見る。

「悪かったね、千鳥ちゃん。飲みに来たのに仕事の話ばっかかして」

「いえ、そんな。僕の勉強にもなりましたから」

ふたりだけしか発言していなかったが、千鳥は少しも疎外感をおぼえなかった。むしろ、チームの一員として耳を傾けていた感じがある。

「千鳥ちゃんは真面目だよねえ。それに、毎日一生懸命」

優男の外見にもかかわらず、ビールのジョッキを振りあげて、おっさんくさく「むはは」と笑う。どうも今夜の都丸は、弾け気分なのかもしれない。

「正直さあ、この課に配属が決まったときはへこんだんだ。あ、課長には失礼だけど。なにしろ、夏のボーナス以後は誰ひとり残らない追い出し部屋って噂だったし。でも、いまはここに来てよかったと思ってるよ」

これも頑張る後輩のお陰。都丸はそう言って、自分のジョッキを千鳥のにぶつけてくる。

「さあ飲も飲も」

うながされて、千鳥はまたもビールを飲む。

普段はビールに限らずアルコールが欲しくなることはないし、さほど酒は強くないが、今夜は飲んでもいいかもしれない。千鳥も都丸の上機嫌につられていたし、なにより彼から頑張りを褒めてもらってうれしかった。

「ねえ、課長。失礼ついでに少々聞いてもいいですか?」

しばらくは社内の誰それが釣り好きだの、子煩悩だのと、害のない噂話をしたあとで都丸が問いかける。綿谷は「いいよ」と鷹揚にうなずいた。

「どうして、管理本部長の席を降りてしまったんです？」

「ああ、それねえ。たまに聞かれるんだけど、家庭の都合ってやつなんだ」

たずねられ慣れているのか、彼は気を悪くしたふうがない。

「ウチの嫁さんの具合があまりよくなくてね。定時で帰りたかったんだよ」

「奥さんは、入院を？」

「ああいや。もうとっくに退院して家にいる」

「だったら、第一線に戻りたくないですか？　さっきのお話を伺ってても、ぜんぜん現役から退いたって感じではなかったですし」

都丸はごく真面目に聞いている。本気で綿谷の能力を惜しいと思っているふうだった。

しかし、その当人は「突っこむねえ」といささか閉口した口ぶりのあと、通路を通った店員に追加の飲み物を言いつけた。

「私はもう前の役職には戻りたくないんだよ」

さすがに都丸は「どうしてですか？」と不躾《ぶしつけ》な問いを重ねはしなかった。けれどもその顔に聞きたい気持ちが滲んでいたのか、綿谷は幾分困った顔をし、しばしのちに「うん」とうなずく。

「まあいいか。私が原因でこの雑務課ができたために、きみたちが巻き添えを食らったのは事実だしね」

そう前置きして、おもむろに話しはじめる。

「私は会社人間としてはそれなりに成果を収めていたけれど、家庭人としてはまったくの落第だった。娘がひとりいて、なのに私は子育てのなにもかもを妻にまかせっぱなしだった。授業参観に行ったこともなければ、音楽会や体育祭を観に行ったこともない。娘が結婚したときも、シンガポールから一日だけ戻ってきて、次の日にはとんぼ返りをする有様だった。駄目な夫であり父親で、だけど当時はそれでいいと思ってたんだ」

自分は立派だと錯覚していた。苦笑しつつ綿谷は言った。

「私が高い役職に就き、高給を取ってくれれば、それで家族への役割を果たせていると思っていた。だけどねえ、そんなものはしょせん私の自己満足でしかなかったんだ」

皆神妙な面持ちで綿谷の話を聞いている。都丸もただうなずくだけだった。

「いきなり嫁さんから離婚を切り出されて、私は心底びっくりしたよ。それまでは悪い夫じゃないとばかり思っていたから。しかも、理由を聞けば、嫁さんは持病を悪化させていたんだ。これ以上は無理だから、療養に専念したい。そう言われて、ようやく私は自分の間違いに気づいたんだ。自分がどれほど夫として、人間として、未熟者だったのかも」

そこまで言って、彼は運ばれてきた酒の器を受け取った。

「私は失礼して、日本酒にさせてもらうよ。きみたちもビールだけじゃなく、好きなものを頼みなさい」

手酌で冷酒を切子のグラスに注ぎながら、皆におだやかな目を向ける。

「それでまあ、社長には辞表を出して……あとはきみたちの知るとおりだ」

都丸がそっとため息を吐き出す姿が目に入る。千鳥もいま聞いた話に心が揺れていた。

綿谷は仕事より家族を取った。正確に言うならば、家族のために途中で方向転換したのだ。脂の乗っていた仕事をあきらめたのは、妻への罪滅ぼしだったのだろうか？

「それはすごく……立派でしたね。奥さまもよろこばれたんじゃないですか？」

微妙な顔つきで都丸がそう聞いた。

まだ綿谷の能力を惜しいと思う気持ちは消えていないのだろうか？　千鳥もじつはそう思わなくもなかったが、次の話でその考えは吹き飛んだ。

「よろこんだのはウチの嫁さんじゃなく、私だよ。嫁さんと一緒にいる時間が得られて、私のほうが得をした」

「え？　それってどうしてなんですか？」

「そりゃもちろん、ウチの嫁さんに惚《ほ》れ直したから」

さらっと答えて、彼はグラスを口に運ぶ。

「ウチのは料理がじょうずだし、姿も、気立てもすごくいいんだ。声も耳に気持ちいい響きだし、笑顔がまたすごく可愛い」

「はあ……」

「私が家に帰るとね、どこにいても玄関まで迎えに来てくれるんだ。私の姿を見られたことがうれしいって顔をして。そうなると、私のほうもただいまって抱き締めてやりたくなるだろ？」

「……はあ」

「海外経験が長かったのに、残念なことをした。それを口実にもっとべたべたスキンシップをすればよかったといまでは思うよ」

「はあ……あの課長、酔ってます？」

「そうかもね」と綿谷はからりと笑ってみせる。

「こんな話をひとにしたのは初めてだから。だけど、惚気《のろけ》るのも存外いいね。いまは嫁さんと、娘のアルバムを一緒に見て、なにがあったかひとつずつ教えてもらうのが楽しみなんだ。そのときの嫁さんの横顔がまた可愛くて、初恋をし直している感じがするよ」

「はあ……あの。ご馳走《ちそう》さま」

そうとしか言いようがないのだろう。都丸が頭の後ろをかいている。

上司の惚気は微笑ましいが、どことなく気恥ずかしい。都丸はそんな顔つきをしているが、千鳥はもう少し複雑な気分だった。

妻にあらためて恋をしている課長にはものすごく好感が持てたけれど、同時にうらやましい気持ちが募る。

なぜなら自分には、たぶんそんな日は来ないから。

千鳥には綿谷のように『ウチの嫁さん』は得られない。昔からどうしても女性を恋愛の対象として見られなかった。そういう意味ではまったく心が動かないのだ。

もちろん母のことは好きだし、クラスメイトの女の子も可愛いと感じはした。決して女嫌いではないけれど……男女の関係になりたいとはほんの少しも思えない。

異性に恋心をおぼえない自分には女の恋人はできないだろうし、家庭を持つこともきっとない。それはしかたがないのだけれど……独りぼっちが寂しい日も確かにあるのだ。

家族と、恋人。その両方を得られるなんて、いいなあと感じる自分は、少し酔ってきたのだろうか？

頬が結構熱いからそうかもしれない。水かソフトドリンクを頼もうかと思ったとき、座敷の向こうで声がした。

「ああこっち？　ありがとさん」

この響きは針間だった。結構な足音を立てながらやってくると、襖《ふすま》を開けて千鳥の隣の席に着く。

「お疲れさまです」

「そっちも、お疲れさん。と、ああ課長。矢島はもうちょっと遅れてくるって言ってましたわ」

針間が来ると、部屋のなかが狭くなった気分がする。嵩高《かさだか》いというよりも、針間の発する熱量が大きいからそんな感じがするのだろう。

その針間は部屋をぐるっと見回してから「ん?」と洩らした。

「なんやこの部屋、雰囲気がふわっとしとるな。いままでなにを話しとったん?」

おしぼりで手を拭《ふ》きながらそう言うと、都丸がにやっと笑う。

「恋バナ」

「恋……?」

「そう。お次は針間の番だからね。遅れてきたんだから、文句はなしで」

「お、座るなりいきなしかい!」

不平は言ったが、逆らう気はないようだ。「とりあえずビールを先に飲ましてえな」と断ったあと、やがて運ばれてきたジョッキを傾け半分ほど飲む。

「ああ、うま。……で、恋バナやな。俺のはほんまにしょうもないで」

「またまたぁ。針間だったら、武勇伝はいくらでも、だろ?」

都丸のからかいに、しかし針間は首を振った。さらにビールをごくごく飲んで「ほんまやねん」と真顔で告げる。

「そもそも俺は我儘《わがまま》やから、女に合わせて動かれへん。あれしてこれして言われても、結局こっちのしたいことをとおしてまう。そんでも最初はそこそこ合わせてんのやけど。この晩は残業で会われへん。その日は出張で行かれへん。そんなことが度重なると、女もイライラすんのやろうな。なんでなの、どうしてなの、なにしてたのって、ごっつい剣幕で責めよるねん。そんで、こっちもつい、そんなん仕事しとるんやろが！　って、怒鳴り返してアウトやな」

あちゃあ、と言わんばかりに、都丸が自分の顔を手で覆う。

「ちょ、針間サン。あんた少しはこの課長の爪の垢《あか》でも」

「この課長、って……？」

針間が都丸と、綿谷の顔を交互に見やる。

「いやいや。私も彼のことをどうとかなんて言えないからね」

「言えないって、なんでやのん？」

「綿谷課長は愛妻家だって話」

都丸がさっきの話を大雑把《おおざっぱ》に総括する。

「あと、残念な針間サンは、もうちょっと修業を積んできてください」

おまけにこう言ってのけるから、針間はムッとした様子になった。

「なんやそれ」

「あ、あの。ビールもう一杯いかがですか？」

喧嘩腰になりかけた針間の気を逸らすべく問いかける。彼はちらっとこちらを見たあと、両肩の力を抜いた。

「そうやな、もらうわ。千鳥も飲みいや。ジョッキが空になっとるし」

そうしてさっさと千鳥のぶんまで頼んでしまう。まもなくふたりの飲み物がやってくると、針間はジョッキを軽く持ちあげ、

「ほんなら、皆さんお疲れさん！」

彼が言うのに唱和して、めいめいが「お疲れさま」とあらためて器を掲げる。

そののちはなごやかな空気になって、もっぱら針間と都丸とが輸入の態勢についてしゃべった。

「あっちの天然ゴムは天候の影響を受けやすいよねえ。台風のシーズンはどうするつもり？」

「ああそれな。タイなんかでも洪水が起きてもうたらいっきに生産がストップする。ええときにストックをしとかんとあかんのやけど、長期やと倉庫代が馬鹿にならんし」

千鳥も注意深くその会話を聞きながら、しかしなんとなく気分が下がっていくのがわかる。どうにもさっき耳にした、針間の恋バナが胸に残ってしかたがないのだ。

――女に合わせて動かれへん――女もイライラすんのやろうな。

恋バナを振られて針間はごく自然に、女とのいきさつを口にした。聞いているみんなもご

く当然のこととしてそれを受け容《うい》れていた。

だけど、千鳥のそれは違う。かつて千鳥がつきあったのは女ではなかったからだ。針間が恋人にしたのは女で、千鳥が抱かれていたのは男。しかも、その男は千鳥を手ひどく裏切った。そうしてどこかに去ってしまった。

「……少しのあいだ失礼しますね」

皆に断って、ふらりと千鳥は立ちあがる。すると、隣の国友が物問いたげにこちらを見あげた。

「大丈夫です。すぐに戻ってきますから」

針間の隣に座っているのをなぜか息苦しく感じていた。トイレに行くふりで、気を紛らわせてきたかったのだ。

廊下に出て、店のひとに聞いてみると、トイレは店の外にあるフロアの奥ということだ。千鳥は幾分ふらつく足で通路に出、少し歩いて立ちどまった。

もうちょっとしたら戻ろう。そう……いまより呼吸が楽になったら。

鬱屈《うつくつ》した想いを胸に、シャッターがすでに閉まったテナント前で千鳥がぐずぐずしていると、針間が店を出てこちらのほうに近寄ってきた。

「どないしたんや？　そんなとこに立ったままで」

「あ……すみません」

「具合でも悪いんか?」

「そうでもないです……ただ、ちょっと……」

酔いが回ったのかもしれない。席を立って動いたら、よけいに視界がぐらぐらする。

「ちょっと、なんや? 気分が悪いなら、無理せんと帰りいや。俺が家まで送っていくし」

千鳥は黙って首を振った。今夜はなぜか針間に親切にされたくない。

「ほんまにどうした……」

肩に触れられて、ビクッとすくむ。と、針間は手を引っこめた。

自分に向けられる訝《いぶか》しげなまなざしを見て、千鳥はまた「すみません」と口にする。

「ほんとになんでもないんです……ただ、僕は……考えていて」

「なにをや?」

「やさしさって、なんだろうって」

飲み慣れないアルコールが理性の箍《たが》を緩くしていた。加えて、針間の元恋人の話を聞かされたのが、千鳥の精神を不安定にさせている。めったにないことだったが、おぼえず愚痴めいた言葉がこぼれ出していた。

「僕のやさしさは、ただの弱さだったなあって……だから、恋人に捨てられたのかもしれないって……」

最後の台詞を言ったとき、スーツに包まれた広い肩がぴくっと震えた。

針間の険しい表情をみとめたとたん、千鳥は自分が失言したのに気がついた。

なぜなのかは不明だが、彼はあきらかに怒っている。

「あ、違います。いまのは別に……」

針間を不愉快にさせるために言ったのではなかったのだ。あせるあまりにみぞおちが冷たくなり、幾分酔いも醒《さ》めた気がする。とっさに言い繕うこともできず、千鳥は腰が完全に引けてしまった。

「えと……僕は店に戻りますね」

「ちょお待ちいな」

ひとまず逃げの態勢に入ったら、針間が行く手をさえぎった。

「捨てられたって、どういうことや⁉」

「あの……」

「千鳥はそういう子とちゃうやろが！　つきあった相手から大事にされてええ子やないか。それを捨てるて、いったいどういう了見やねん！」

目を吊りあげて針間は怒鳴る。

どういう了見か質《ただ》されても、自分は答えようもない。どこのあたりが針間の逆鱗《げきりん》に触れたのか、千鳥はただ戸惑うばかりだ。

「話してみ。最初っから、なにがあったか」

そう言われても、すぐさましゃべる気持ちになれない。

いま思ってもこのいきさつはみじめなもので、しかも相手は男なのだ。しかし、針間は
「ええから」ときつい口調でうながしてくる。

「そんなん聞いたら、いつまでも気になって気になってしゃあないわ。誰にも言わへんから、早《はよ》う話し」

「え。でも」

「しゃべるまで、みんなのところには帰さへん」

眼鏡の奥の眸が怖い。知らずに一歩下がったら、体勢が崩れてしまい、通路の壁に背中をつける格好になる。針間はすばやく向きを変え、千鳥の肩のそれぞれ横に手をついた。

「早う」

突っ張った針間の両腕に囲まれて、千鳥は進退窮まった。

「……その……大学に入ってまもなく、母さんが亡くなって……」

やむなくうつむき、ぼそぼそと話しはじめる。

「心筋梗塞《こうそく》だったから、心の準備もなにもなくて……これからはもっとバイトを頑張って、少しでも母さんの負担を減らせると思っていたのに……僕は、真っ暗な井戸のなかに放りこまれた気になって……」

母の死の衝撃が過ぎ去ると、じわじわと自分を責める声が湧きあがってきた。

突然の死ではあったが、本当は不調のサインが前からあったのかもしれない。自分が気づいてさえいれば、こんなことにはならなかった。

しかも、最期の瞬間も一緒にいてあげられなかった。母が亡くなったとき、自分はなにも知らないで暢気《のんき》に大学で昼飯を食べていたのだ。

「なにを見ても、なにをしていても現実感があまりなくて……でも、大学とバイトだけは惰性で続けて……そんなときに、あのひとに出会ったんです」

たまたま休講の合間に入ったカフェで時間を潰していたときだった。店を出たら、いきなり雨が降ってきて、スコールかという激しさだった。千鳥は傘を持っていたが、すぐあとに店を出てきた男のほうは困ったように天を仰いだ。

――うわ。ひとと会うのにこの雨かよ。やむまで待ってられねえぞ。

――あの……よかったら、傘をお貸ししましょうか？

――え。だけどそれじゃそっちが困る。

――いいんです。僕はタオルを持っているので。

彼の手に傘を渡して、外に駆け出した千鳥の足は、追ってきた男の声に呼びとめられた。

――無茶するなって。そっちが行くはずの場所まで俺もついていく。こいつは借りるが、明日はカフェにまた来いよ。

男は二十六、七歳くらいに見えた。やや長い髪はお洒落にカットされ、服装もそれに応じたセンスのいいもの。サラリーマンとは違うように感じたが、ひと当たりのいい笑顔は千鳥に警戒心を持たせなかった。

男は千鳥の学校まで一緒に歩き、そのあいだに連絡先を聞き出した。次の日は律義にカフェまで出向いてきて、安物のビニール傘なのにすみませんと、逆に千鳥を恐縮させた。

そもそもは偶然の出会いだった。最初から千鳥を嵌めようと考えての行動だったとは思えない。けれども、男は千鳥の心を確実にとらえていき、やがて金銭をねだるようになってきた。

田舎《いなか》の母親に仕送りする。この台詞がいちばん効いた。千鳥が母親を亡くしたと知ったあとだ。千鳥は男に言われるままに自分のバイト代を渡した。

――助かるよ。悠はほんとにやさしいな。

おなじ言葉が繰り返され、千鳥は空き時間のほとんどを金稼ぎに費やした。

学校と、バイト先と、ときたま行くラブホテル。それが千鳥の日常のすべてだった。

そんな生活が二年ほど過ぎたころ、千鳥はある書類にサインをするよう頼まれた。

保証人の欄は空白。千鳥が書くのはその隣だ。さすがにためらいを見せた千鳥に、男はこう言って泣きついた。

――母さんが病気になった。手術をさせたい。金がいるんだ。

千鳥はその書類にサインした。そして、その翌日から男と連絡が取れなくなった。

「その書類は闇金融《やみ》の手に渡り、僕が追いこみをかけられるようになりました。借金を返そうにも、貯金や手持ちのお金はほとんど残っていなくて……母と暮らしたマンションを取られそうになるところまで追い詰められて」

こうしたいきさつを、つっかえながら千鳥は語った。

自分の恋人が同性であったことは話のなかであきらかにしていないが、針間はどう思っているだろう。

相手を疑えばいくらでも気づくことを、なんて愚かなことをするんだ？　金をねだられた時点でおかしいとわかるべき？

そうかもしれない。自分でもまったく馬鹿だったと思っているのだ。

「母は学費を全納してくれていたので、大学をやめ、その分の学費を返してもらおうと思いました……そのお金で借金の一部を返し、あとは僕がなんとしてでも返すからと取り立て屋に土下座して……」

「そんで、連中は承知したんか？」

それまで黙って聞いていた針間が低く問いかけた。千鳥は横に首を振る。

「しませんでした。ふざけるな。早く権利書を出せと殴られていたところに、父の雇った弁護士が現れたんです」

「そっか。よう来てくれたな。なんで千鳥がピンチやとわかったんや？」

ほっとしたような響きを交えて針間が言った。

「僕が大学に退学届を出したことで、緊急連絡先である父に問い合わせが行ったんです。それで驚いた父が身辺を調べたところ、借金のことがわかって……」

「助けてくれようとしたんやな？」

千鳥はこくんとうなずいた。

「僕のサインは本物でしたが、この一件を担当してくれた弁護士さんは、これは消費者金融法の『不実の告知』に当たると言って、契約を無効にしてくれました」

「不実の告知？」

「はい。相手の母親は、病気をしていなかったんです。どころか、僕に教えていた名前も職業も嘘でした。外でばかり会っていたのは、それがばれるのを恐れたからだと、弁護士さんに聞かされました」

スナックのバーテンをしながら小説の勉強をしていたはずの男は、実際にはギャンブル狂いのホストだった。口ばかりうまい男は、あちこちに不義理をはたらき、借りられるだけ金を借りて海外に高飛びしたとも教えられた。

「借金の一件が片づいたあと、僕は父に感謝の言葉を伝えました。この恩は一生忘れません。もし僕にできることがあるのなら、どんなことでもしますからと。そうしたら、恩など感じなくていい。自分の息子を助けるのは当たり前だと、父は言ってくれました」

これが事の全部ですと千鳥は話を締めくくる。しかし、針間は壁に突っ張っている両腕を離してくれない。

「……まだぜんぶと違うやろ?」

え、と千鳥は視線をあげる。針間は底が知れないような昏《くら》い目つきになっていた。

「針間、さん……?」

「恋人に捨てられたと言うたやろが。父親に助けられて、それで千鳥はもうええと思ったんか?　捨てられたというからは、いつかそいつにもういっぺん拾われたいと願っとるんやな?」

思いもよらぬ問いかけだった。

千鳥を騙《だま》していたあの男に、母を悼む自分の気持ちをさんざん利用していた男に、もう一度拾われたいと願っている?

「僕は……」

そのとき針間がすばやい動作で横を向いた。

「……いつからそこにおったんや?」

通路の端に立っていたのは矢島だった。

「いま来たところだ」

彼が肩をひとつすくめ、体勢を変えた針間がそちらに向かおうと動いた直後。

「ちょっと、そこのふたりとも。いつまで外に……って、矢島はいまか⁉　来るのが遅いよ」

店から出てきた都丸が文句をつける。

「仕事をしてたんだ」

「いま戻るわ」

矢島と、針間の声が重なる。都丸は「いいから早く」と招く仕草でうながした。

「千鳥ちゃんも」

「あ、はい」

彼らふたりに続いて店に戻りながら、千鳥はあらためてさきほどの質問を自分自身に投げかけた。

あの男にもう一度拾われたい……？

職業も経歴も偽って、最後まで本当のことを言わずに姿を消したあの男に？

それはないと千鳥は思う。だがかといって、男を憎んだり、恨んだりもしていない。

呆れるしかないみっともない恋の結末。

あのとき千鳥はただ哀《かな》しかった。初めて恋したひとから欺かれていたことがつらかった。

あの男にとって、自分のやさしさは弱さであり、踏みにじっていいものだと思われたのが哀

しかった。

今後もしかしてまた誰かを好きになったら……手痛い教訓以外のものを自分は得ることができるのだろうか？

千鳥は無意識にうつむいて、自分の手のひらに視線を落とした。

けれどもそこにはなにひとつ乗っておらず、答えもまた見出《みいだ》せはしなかった。

6

それは前触れもなくやってきた。

もちろん水面下では、さまざまな画策があったのだろうが、そうしたことは千鳥のような一介の社員には知るすべもなかったのだ。

いざ事が起こったときに、千鳥のほうにはなんの備えもなかったし、どうしていいかもわからなかった。

……メール？

五月も終わりに近くなり、天然ゴム買いつけの案件はかなり形になってきた。納入先の和泉化学の担当者とは、具体的な契約条件の交渉段階まで進んでいるし、買いつけ先には現在針間が直接出向き、そちらも納期や価格について最終確認をしているところだ。

もちろん、針間が現地まで赴くあいだ、千鳥たちにもすることはたくさんある。今日も朝から書類仕事に追われていたが、昼過ぎになってから思わぬメールが千鳥に届いた。

送信元は人事部長。内容は、上階にある小会議室へ来いと言うもの。しかも、この呼び出しは千鳥と矢島に対してだけで、それもまたおかしな話だ。

矢島も自分とおなじように面食らっているだろうか？

彼の意見も聞きたいと思ったが、あいにく雑務課に姿はなく、探すほどの時間もない。

やむなく千鳥が呼び出し先にひとりで行くと、矢島はもうすでに会議用のテーブル席に着いていた。人事部長は窓の近くに立っていて、千鳥が入ると尊大な一瞥《いちべつ》をよこしてくる。

「雑務課の千鳥です。ご用件はなんでしょうか？」

「いいからそこに座りたまえ」

上から強権を発動されて、理由もわからないままに千鳥は矢島の隣に座る。人事部長はテーブルをぐるっと回って千鳥たちの前に来ると、そっくり返る姿勢になった。

「ここに呼ばれた理由はすでにわかっているな？」

「いいえ、すみません。どうしてなのかわかりません」

そもそも呼び出しのメールには、ただここに来いとだけ。普段接点のない相手であり、理由など想像できない。しかし、部長は「察しが悪いな」とこちらに落ち度があるように舌打ちした。

「それじゃあ言ってやろう。おまえたちのプロジェクトは、私の腹ひとつで決まる」

「えっ……？」

いま、聞き逃せない言葉を耳にしたと思う。

「それは、いったい？」

千鳥が愕然《がくぜん》と返したら、ダブルのスーツを着ている男は嫌な笑い方をした。

「予算稟議だ。あれがとおらねば、どんなプロジェクトも絵に描いた餅《もち》とおなじだ」

それはそうだ。予算稟議が下りなければ、針間のプロジェクトは行き詰まる。だけど、どうして人事部長が……。

「ですが、あの稟議は人事部長には関《かか》わりがないのでは……」

「関わりか？　あるとも、充分に」

かろうじての反駁《はんばく》を、しかしこの男は鼻であしらう。

「経理課長が稟議書に判をつかねば、天然ゴム買いつけの経費はいっさい出せないからな」

要するに、人事部長は経理課長に圧力をかけられると言っている。しかし、いったいなんの意図でそうするのかは不明のままだ。戸惑って、隣の矢島の様子を見たが、彼は正面を見据えたまま千鳥と目を合わそうとしなかった。

「和泉化学との交渉がうまくいっても、そちらに送りこむタマがなければいっさい無意味だ。プロジェクトが頓挫《とんざ》すれば、それまでにかかった諸費用はすべて赤字。雑務課は無駄金を使ったわけで、その責任は針間と綿谷とが取ることになる」

「え、そんな……っ」

狼狽する千鳥の前で、部長はさも愉快そうな調子で告げる。

「減給か、降格か。針間のほうはこれ以上降格になりようがないからな、あるいは退職勧告が出されても不思議はないぞ」

「ま、待ってください。どうしてそんな話を僕に？」

波立つ心を必死に抑えて千鳥は聞いた。

綿谷をはじめとする雑務課のメンバーすべてがここに呼ばれたわけではない。矢島はいるが、人事部長はあきらかに千鳥をターゲットにしてしゃべっている。

「雑務課の将来は、きみの今後の態度如何《いかん》だ。それを話しておこうとね」

「態度、とは？」

予算稟議書を盾にして、部長は千鳥を脅迫する気だ。

いったいなにをさせるつもりでいるのだろう？

しかし部長はそれ以上はなにも言わず、おもむろに踵を返すと小会議室を出ていった。

「矢島さん。いまのは……」

頬を冷たくして横を向く。矢島も同様に当惑しているかと思えば、彼は床を蹴りつけて回転椅子を後ろに引いた。そうして、千鳥から距離を置き、読めない表情で言ってくる。

「今日ここであったことを、ほかの誰にもしゃべるなよ。言ったら、稟議書は経理課で止まったままだ」

「しゃべるなって……でも、なぜですか？」

人事部長は千鳥の態度如何では、天然ゴム買いつけの費用がいっさい出せなくなると脅したが、具体的にどうしろとは告げなかった。このちあらためて命令が下されるのかもしれないが、どうして矢島が口外するなと言うのだろう？

「理由を知る必要はない。おまえは俺が命じるままに動けばいいんだ」

「命じるままに？」

「ああそうだ。もしもおまえが断れば……」

そこで矢島は一拍置いて、

「おまえがゲイだということを、会社の連中にばらしてやる」

千鳥は愕然と目を瞠る。

どうして矢島はそんなことを知っている？

追い詰められた気分の千鳥は「なんの根拠が……言いがかりです」と苦しい反駁をしたものの、それは矢島に通じなかった。

「根拠はあるさ。飲み会があった日に、おまえが自分からしゃべったんだ。つきあっていた男に騙されて、捨てられたってな」

それは言った。確かにしゃべった。ただし、自分は相手が男であることはぼかしていたし、打ち明けたのは針間にだけだ。

「まさか、あのとき……あなたは隠れて聞いていた……？」

「自分の性癖を伏せておきたいのなら、もっとじょうずにやるんだな。おまえのあのしゃべりかたでは、なにもごまかせていなかった。名前や経歴の嘘はともかく、闇金に借金させて海外逃亡。女の手口にしちゃ荒っぽすぎる。それに、おまえの口調からもいろいろとダダ洩れだ」

だったら、針間にもそのことがばれていたのか？　千鳥がゲイだとわかっていて、事の顛《てん》末《まつ》を聞いていた？

顔を青くしてガタガタと震えはじめた千鳥を見ながら、矢島はゆっくり立ちあがる。

「なあ、千鳥。おまえ次第だ。男に犯《や》られるのが好きな変態。そんな噂をばらまかれたくないだろう？」

このときの状態を例えれば、矢島は王さまで、千鳥は最底辺の奴隷だった。あるいは鞭《むち》を携えたご主人さまと、杭《くい》に繋《つな》がれた痩《や》せ犬か。ヒエラルキーの違いを知らしめるまなざしで、矢島は千鳥を睥睨《へいげい》する。

「男が好きなら、俺が相手をしてやってもいい。俺はおまえと違って変態じゃないけどな」

「な、なにを……っ⁉」

千鳥の座る椅子の背もたれに手を置いて、矢島がのしかかってくる。

「男なんかごめんだが、おまえはちょっと見、女みたいな感じだしな。これくらいなら我慢できないこともない」

驚くあまり動けない千鳥の肩に男の手のひらが乗ってくる。

「やめてください」

押しつけがましいその重みに悪寒が走る。気色悪さに肩を揺らしてその手を払おうとしたものの、ぐっと握力が加わっただけだった。

「格好つけんなよ。ホモのくせに。この俺がつきあおうって言ってるんだぞ。突っこむのはちょっとあれだが、俺のナニをしゃぶるくらいはやらせてやるから」

その台詞には心底からぞっとしたし、同時に怒りも湧きあがる。

「ぼ、僕にさわらないでください！」

椅子ごと下がり、反対側の椅子が当たって音を立てる。千鳥は身をよじり、矢島の腕を払い落として腰を浮かせた。

「……っ！」

「ふざけるな」

胸倉を摑まれて、いっきに起立させられる。怒りか、興奮か、矢島の白目が血走っていた。

「針間とはホモっぽく雰囲気出していたくせに、俺にはえらそうにさわるなだと⁉」

「はっ、針間さんと、そんな雰囲気は出していませんっ」

「嘘つくな。出してただろうが⁉　飲みのときの店の前で！」

「あれは、針間さんが僕を心配してくれて……」

言いかけて、千鳥は戸惑う。

あのときの状況はどうだっただろう？　最後のほうは詰問されていた気もするが、心配している気持ちもちゃんと伝わっていた。ホモっぽくとか……そんなのではないと思う。

「針間さんは僕を気遣ってくれただけです。とても親切な先輩で、だから……」

「うるさい。黙れ」

矢島はすごい剣幕で言ったあと、摑んでいた手を振り立てるから、千鳥の視界がぐらぐら揺れる。

「なにが親切な先輩だ。あんなむかつく男に、いそいそ尻尾《しっぽ》振りやがって。いいか、いまからは俺の言うことだけを聞け」

「い、嫌です」

矢島は無茶苦茶だ。強引な性格だとは感じていたが、これは通常の範囲を超える。

「おまえに逆らう権利はない。断ったら、おまえと針間がホモの関係だとばらしてやる」

「違います。本当にそんなのじゃありません」

「それに、稟議書の件もあるぞ」

矢島はひとの話を聞かない。自分が決めつけた解釈を一方的に押しつける。こんなことにはおぼえがあると考えて、千鳥は解答に思い至る。

これは、そうだ。前の部署の先輩とおんなじだ。

「人事部長はおまえの今後の態度如何だと言っただろう？　おまえが協力しなければ、今度のプロジェクトはいつまで経ってもゴーサインが出ないからな」

そうなったら、おまえの責任だと矢島はなじる。それは違うと思うけれど、迷いもまた同時に生まれた。

「僕が、あなたの言うことをって……どんなことをさせる気ですか？」

ネクタイごと胸倉を摑まれているために、喉が締まって息が苦しい。喘《あえ》ぐようにたずねたら、獲物をいたぶる目つきをして矢島が応じる。

「なに、簡単なことだ。おまえがミスをする。それを俺がフォローする。ただそれだけだ」

「僕が、ミスを……？」

「ああ。どのタイミングで、どうするかは、俺が決める。おまえは俺の指示どおりにすればいい」

難しくはないだろうと矢島は言うが、千鳥の当惑は深まるばかりだ。

こんなことをさせようとするなんて、矢島はいったいなにを考えているのだろう。どんな得がこの男にあるというのか？

「か……考えさせてください」

相手の意図がわからないのに、おいそれと返事はできない。それに、針間のプロジェクトがかかっているならなおさらだった。

「わかった。だが、長くは待たん」

言って、矢島が千鳥から手を離す。

「明日の出社後いちばんにメールしろ。もっとも断ればどうなるか……充分わかっていると思うが」

7

「なにやっとんねん!?」

怒鳴られて、千鳥は身体を固くする。

「すみません」

「あやまれ言うとんとちゃうわ、ボケ！」

針間が怒るのももっともだ。彼が出張から帰ってのち、度重なるミスが三日も続いているのだから。

たとえば、針間から言いつけられた資料を渡すのを忘れてしまう。出せば出したで数字の間違い。文章は誤字、脱字が山ほどあり、グラフや表の設定はぐちゃぐちゃの状態。電話をかければ取引先への伝達に不備があるし、メールの返事も忘れる有様。そして、そのたびに助け船を出しているのが矢島なのだ。

共有フォルダをチェックして、千鳥の作成したデータを直し、取引先には詫《わ》びの電話をすかさず入れる。針間にも適切なタイミングで確認を取っていくから、今日はすでに千鳥抜きで業務のあれこれが進んでいる。なのに、なおも千鳥が簡単なコピー取りすらできないで凡ミスを連発するから、ついに針間がキレたのだ。

「ほ、本当に申しわけなく……」

「もうええわ。矢島、試験値のサンプルデータを」

「ああ、すでにできている。共有フォルダを確認してくれ。加硫《かりゆう》時間別発泡値のエクセルだ」

針間はむっとした顔つきでファイルをひらき、それを一瞥して口をひらいた。

「三図のグラフはこれとは違う形式がええんやけど」

「そういうことならワークシートの二番目を。そっちに別のやつがある」

針間はファイルを操作して、ややあってからうなずいた。

「うん、そやな。こっちがええ」

助かるわ、と言ってから、あらためて千鳥のほうを睨んでくる。

「なあ、ジブン。ほんまにどうかしとんやないか？」

「すみま……」

「もうそれは聞き飽きた」

吐き捨てて、針間はいきなり立ちあがった。

「ちょお、来てんか」

ドアのところに行きながら、ついてこいと顎をしゃくる。どうすることもできなくて、国友や都丸が見守る前で千鳥はしおしおと席を立った。

「ジブンはいったいどないしたんや？」

千鳥が連れていかれたのは、通路の奥にある喫煙スペース。喫煙所本体はブースで囲ってあるものの、隣には自販機やベンチもあり、煙草《たばこ》を吸わない社員たちもひと息つけるよう配慮がなされている場所だ。

針間はそこでブラックコーヒーと、カフェオレをひとつずつ買い、千鳥にはミルク入りのカートカンを渡してきた。

「あ、ありがとうございます」

こんなときに気配りされると、よけいにつらい。容器の封を開けないままうつむくと、はあっとため息が聞こえてきた。

「俺には言われへんことか？」

「い、いえ……ミスは僕の不注意なんです。ただそれだけで……本当に申しわけなく思っています」

「不注意て。ちょっとうかうかしとったかて、あんだけミスを続けるようなジブンやないやろ？　いつも慎重に確認するのは知っとるし」

「それは……その」

「いまは矢島があれこれやってくれとるけどな、ほんまはあんまりこういうのはええことないんや」

「ええことないって……どうしてですか？」

針間は紙缶の封を開け、中身を喉に流しこむと、低くつぶやく。

「なんとなくや」

そんでもいまはしゃあないけどな、と針間が続ける。

「なんか悩みがあんのやろ？　ええから俺に打ち明けてみ？」

親身な声に、気持ちがぐらつく。

針間はこれだけミスをした千鳥を怒ってはいないようだ。本当に、いまここで針間にすべてを打ち明けるべきではないか？

そう思い、だけどと自分の内側で反論する声が響く。もしここで人事部長や矢島がどう言ったかしゃべったら、きっと針間は黙ってはいないだろう。矢島に抗議し、彼から人事部長へと話が渡り、結果として予算稟議がとおらなくなる？　それは困るし、しかも矢島は……。

「ここにいたのか」

千鳥が思い浮かべていたその当人の声がする。ふいを突かれて、ビクッと背中を撥ねあげた。

「千鳥……？」

針間が怪訝な顔をしてこちらを見やる。視線を逸らし、取り繕う言葉を探しているうちに、矢島が傍までやってきた。

「共有フォルダのファイルが一部ひらかない。俺のアカウントもフルアクセスに変えてくれ」

業務に不便だと、針間に向かって矢島がこぼす。いまはもうこの課のメンバーが共有しているフォルダがあるのだ。針間は「そっか」と肩をすくめた。

「いまからすぐやな？」

「ああ」

針間は飲みかけのコーヒーをいっきに飲み干して、容器をダストボックスに投げ入れる。それから難しい顔をして千鳥を見ずに背中を向けた。

その態度に、もう千鳥など関係ないと言われた気がして、自業自得とわかっていても置き捨てられた馬鹿犬の気持ちになる。とっさに彼を追いかけて言いわけしたくなったけれど、先に動いた矢島が振り向き、こちらを視線で牽制《けんせい》する。

よけいなことは絶対言うなよ――矢島のそのまなざしは無言の意思を伝えてきて、千鳥の足を止めさせた。

……また、なにも言えなかった。

矢島はこうして、こちらの動きを丹念に封じてくる。千鳥がこの件を口外するのを警戒しているのだろうか、出勤時にもたいていは一緒になるし、昼の時間もふたりで課内に残っている。千鳥は特に矢島といたいわけではないが、さすがにこの状態で針間と昼食に出かけることは考えられず、また食欲もまったく湧かない。

——心は決まったか？

人事部長に脅された次の朝、矢島はそう聞いてきた。待ち伏せしていたのだろうか、千鳥が駅の改札口を出たとたん、矢島が近寄ってきたのだった。

——今日は針間が出張から戻ってくる。あいつを困った立場にしたくないだろう？

——僕がミスをしまくったら、針間さんだって困るかと思います。

ようやくそう返したが、矢島は鼻で笑っただけだ。

——俺がフォローしてやるんだ。それはないさ。

それより、と矢島は告げる。

——忘れるな、俺には人事部長という後ろ盾がいるんだからな。その力があれば、たとえば国友を経理課に戻すことだってできるんだ。

——国友さんを……？

——聞いた話によると、国友は経理課でお局《つぼね》たちにずいぶんといじめられてたそうじゃないか。せっかくおまえの傍にいて救われた気分でいるのに、また針の莚《むしろ》に座るのはつらいだろうな。

つまり、矢島は千鳥が言うことを聞かなければ、予算稟議のみならず、国友を苦しい立場に追いこむと伝えているのだ。

卑怯《ひきょう》だと矢島をなじってやりたいが、ここで彼を怒らせてもいい結果にならないだろう。千鳥は煮えくり返る気持ちを抑え、やむなくいままでは矢島の指示どおりに動いていた。

「……でも、ほんとにこれでよかったのかな」

人事部長と矢島に脅迫されてから、常に迷いが心のなかから消えないでいる。

いっそなにを言われたか全部針間にぶちまけて、そのうえで聞いたことを伏せておいてもらえはしないか？

千鳥は一日に何度となくそう思い、その都度いやいやと思い直した。矢島の言うとおり国友の進退がかかっているなら、万が一にも危険を冒すことはできない。だけど……針間を欺いていることもつらいのだ。

「ほんとにこれで……」

結論の出ない懊悩《おうのう》に胸を裂かれ、またも苦しい時間を過ごしていくために、千鳥は雑務課に戻っていった。

＊　＊

「じゃあお先に」

「お疲れさまです」

いつもとおなじく定時ちょうどに綿谷が帰る。そのあとまもなく国友が席を立ち、千鳥の前までやってきた。

「あの……帰ります?」

おずおずとうながしてくれたのは、国友の思いやりだ。わかっていて、しかし千鳥は首を振った。

「すみません。もうちょっと片づけておくことが残っているので」

この日の残りを耐えがたい気持ちでこなし、千鳥はついに決心したのだ。

このままでいいわけがない。自分がミスを強要されて、針間に叱られるうんぬんの問題ではなく、その裏に潜んでいるものがなんなのかを知らねばならない。

国友が退社したのち、しばらくすると都丸も帰っていく。千鳥はそのあともデスクにいたが、矢島はいっこうに腰を上げない。

「……お先に失礼します」

やむなく千鳥は雑務課を出ていくが、エレベーターで下に降りずにこの階にとどまっている。

針間のいないところで矢島に直談判しようと思い、通路の奥でその機会を待っていたが、彼はなかなか退社しない。やがて針間の方が先に雑務課を後にした。千鳥はそこから離れると、雑務課に戻っていった。

「矢島さん」

そろっとドアをひらいて入ると、そこにいた人物は驚いた顔をした。デスクのところからこちらを見て「おまえはもう帰ったんじゃなかったのか」と眉をひそめる。

「どうしても今日中に話がしたくて、矢島さんが出てくるのを待ってたんです」

千鳥が彼のデスク前まで近づくと、相手は短く舌打ちをする。

「仕事中だ。あとちょっとだから離れて待ってろ」

千鳥が言われるままにして五分ほど経ってのち、矢島があらためてパソコン画面から視線をあげる。

「それで、なんだって?」

いかにも邪魔くさそうな声。わずかにひるみ、千鳥は用意した質問を投げかける。

「僕に説明してください。あなたはなんの理由があって、僕をこの仕事から外させるようにしたんですか?」

「おまえに説明するつもりはない」

「でも僕はわけもわからずこれ以上は従えません。僕が目障りで、あなたがこのプロジェクトの中心になろうと思ったからですか?」

「……だったら、どうだ？」

「それだけだったらいいんです。針間さんの仕事には影響がないんですよね？　のちのち針間さんが困ったことにはなりませんよね？　国友さんのことだって……」

「うるせえよ！」

怒鳴りつけられ、頬が強張る。それでも、千鳥は退く気にはならなかった。

「本当の理由を僕に教えてください。僕が黙っていることで、針間さんに迷惑かけたくないんです」

そこまで言うと、椅子を蹴飛ばすいきおいで矢島が立った。つかつかとこちらに近寄り、千鳥の二の腕を掴みあげる。

「針間針間って、しつこいぞ。ビビリのくせに黙ってろ。おまえは俺の言うことを聞いてりゃいいんだ！」

「っ、た」

矢島の指が食いこんで、千鳥の面が苦痛に歪《ゆが》む。見あげる顔は昏い情念に彩られ、痛みとはまた別のプレッシャーを千鳥に与えた。

「そうだ。そうやって、おとなしくしてりゃいい」

矢島は怖気《おぞけ》の走るような嫌な笑みを頬に浮かべる。そうしていきなり千鳥の尻を服の上から摑んでくるから、ぞっとしてのけぞった。

「な、なに……やめてくださいっ」

「なにがやめてくださいだ。おまえはホモだろ？　男に掘られるのが好きなんだろうが」

いたぶる仕草とまなざしに、千鳥の顔面が青褪《あおざ》める。それを見下ろし、矢島はさらに嵩にかかったもの言いを降らせてきた。

「いいから、俺の命じるままになっとけよ。そうしたら、ちょっとは可愛がってやる」

「じょ、冗談じゃ……」

「なにが冗談だ。俺はおまえとつきあってやると言ったぞ。おまえも俺にヤられたくて、命令に従っているんだろうが」

「ち、違います」

矢島は事実を都合のいいようにすり替えている。人事部長とグルになって千鳥を脅迫した出来事を棚上げし、矢島とつきあいたいから従っているかのような言いざまだが、それは大きな間違いだ。

「僕はあなたとつきあいたくなんかありません。絶対にお断りです」

「なんだと、おまえ生意気に！」

「だって、あなたを尊敬なんてできません。矢島さんとは大違いです。針間さんは頭の回転が速いぶん気短かで、自分の意見を通すためなら上司にだって言いたいことを言うけれど、下の者には辛抱強く気配りをしてくれる。僕がどんなに鈍くさくても、きちんと仕事のやりかたを教えてくれるし、たとえ失敗続きでも、頭ごなしに叱りつけず事情を聞いてくれようとする。なのに、あなたは人事部長の手を借りて僕を脅すし、本当のことを言わずにごまかしてばかりいる。もしもあなたが針間さんのためにならないことをするなら……」

「うるさい！」

矢島の大声にとっさに目をつぶったけれど、心はへこたれていなかった。負けない気持ちで見あげたら、矢島がカッと顔を赤くし、千鳥の身体を掴んでいる両腕に力をこめた。

「痛……っ」

「ふざけんなよ。あいつがなんだ。あんな関西弁に俺が負けてるわけないだろうが！」

「あんな関西弁て、俺のことか？」

いきなりドアがひらくなり、その声と姿とが千鳥の耳と目に飛びこんでくる。

「針間……⁉」

仰天したのは矢島もで、千鳥とおなじく課の入り口に顔を向けて目を瞠る。

「おまえ、なぜここに⁉」

「家で読む資料を忘れたんやけど、そんなんはどうでもええわ」

針間は大股で近寄るや、千鳥の身体から矢島の腕を引き剝《は》がした。そうして千鳥を彼の拘束から自由にし、自分の背中でかばうような位置に来させる。

「千鳥はジブンとつきあいとうないんやて。せやから、千鳥にさわらんでもらうわな」

「さわるなだと、えらそうに！　言っておくが、そいつから誘ったんだぞ。ホモのそいつが俺に掘られたがってたんだ」

「アホかいな」

はたき落とす口調のうえに、針間はきっと言葉どおりの表情をしたのだろう。矢島がますます顔を赤くし、眦を吊りあげる。

「誰がアホだ⁉」

「ジブンやがな。千鳥がさっきなに言うたんか、いっこも聞かへんかったんか？　千鳥はジブンのこと、卑怯で嘘ばっかりつく、尊敬できへん男やと言うたんや。せやのに、そんなんをわざわざ自分から誘うような千鳥やあらへん。ジブンはなんか勘違いして誘われたつもりか知らんが、あんたは最初からお呼びやないんや」

その語調の憎々しさ、冷ややかさ。もしも千鳥がそれを自分に向けられたなら、ぺしゃんこになりそうな口ぶりだった。

「おまえ……そうか、おまえもホモだったな⁉　だから、そいつをかばうんだろう？」

「ジブンなあ、さっきからホモホモ言うとるけど、それは差別用語やで。ええ大学出て、そんなことも知らへんのか？　ほんまにドのつくアホウやな」

それから針間は口調をあらためて言葉を足した。

「これは決定事項やけど、ジブンは明日からこのプロジェクトを抜けてもらうで」

あんたは信用ならへんし。針間はきっぱり言い切った。

「……っ！」

矢島は激高を募らせたあまりなのか、とっさに言葉が出ない様子だ。それでも気を取り直してなにか反駁してくるかと思ったが、意外にも無言のまま踵を返した。

そうして部屋の隅にあるロッカーからバッグを取ると、そのままドアの向こうに消える。

「……さあ、ほんなら千鳥。こっからは説明タイムや」

姿勢を変えてこちらを眺める針間の顔つきがすごく怖い。眼鏡の奥のまなざしは、これ以上のごまかしは許さないと言っていた。

「なんかなあ──人事部長の手を借りて僕を脅すし──て聞いたんやけど、いったいなんのことやろなあ？」

「あ、あの……針間さんはいったいどこから」

「聞いてたんかて？　そうやな──僕はあなたとつきあいたくありません──のとこからやったか」

「うう……」

しっかり聞かれてしまった以上、もはやごまかしはできなかった。千鳥は人事部長と矢島とに呼び出され、なにを言われたか打ち明けた。

ぼそぼそと千鳥の話す内容をすべて聞き、針間はため息を吐き出した。

「予算稟議か。あいつらの考えそうな脅しやな」

「あの。矢島さんから人事部長に話が渡って、このまま稟議がストップするなんてことは……それに、国友さんのことだって心配ですし」

「国友？」

千鳥は彼女が経理課に戻される懸念があることもあきらかにする。針間はさも嫌そうに鼻に皺を寄せたあと、おもむろに口をひらいた。

「まずいっこめから。予算稟議は今日の午後にとおったで」

「……え⁉」

「ほんまや。経理課から戻ってきた稟議書を確かめた」

千鳥はあんぐりと口を開けた。

じゃあ、この半日間の葛藤《かっとう》は……。

ほっとしたし、よかったとも思うのだが、できればそれはそのとき教えてほしかった。

ちらりとそう感じたものの、千鳥はこのあとの針間の台詞に恥じ入った。

「すぐに言わんですまんかったな。ばたばたしとって、言い忘れた」

「いえ、そんな。僕がミスばかりしていたから」

針間によけいな手間を取らせ、伝達事項どころではなかったのだ。

千鳥が「僕こそすみません」とあやまると、下げた頭を針間が無造作に撫でてくる。

「ええて。千鳥があやまらんでも。それよか、国友さんのことやけどな」

針間は言いながら、やや癖のある千鳥の髪をさわり続ける。そればかりか、頭頂部を手のひらで撫でたあと、頭の形を確かめるみたいに首の後ろまで指先を進めていくから、ぞくぞくした感覚が千鳥の身内を走り抜けた。

「そっちはそないに心配いらへんと思うわ」

「……どうしてですか?」

うつむいたまま千鳥は聞いた。このとき針間の指は首の後ろからうなじのところに移っていて、それは最初に頭を撫でてもらったのとは少しばかり意味合いが違うような感じがするが、あるいは気のせいなのだろうか?

「綿谷さんがおるからな。あのひとは、あれでいまだに上層部に対して強いコネクションを持っとるんや。あのひとがあかんて言うたら、たとえ人事部長かて思いのままにはならんやろ」

「ほんとですか⁉」

「ああ。まあ基本、あのひとは俺らの仕事にはノータッチの姿勢やけど。そんでも国友さんを戻すとかにはオーケイは出さんと思うわ」

「だったら、僕のしてたことって、部長と矢島さんに振り回されてただけですね……」

つくづく情けなくなって千鳥はこぼした。

結局は空回りして、針間にも迷惑をかけただけだ。しかし、彼は「そんなんとちゃうやろう?」となだめる声をよこしてくれる。

「千鳥は国友さんを守ろうとしてたんやろが。それに、この課の仕事もや」

そう言う針間のまなざしがやわらかい。いまや彼の手はうなじから千鳥の頬に移動していて、あらためてそれに気づけば、触れられたその部分がどんどん熱くなってくる。

「あ、ありがとうございます? ……それで、えと、矢島さんのことですが」

こんな間近で整いすぎるほど整った針間の顔面を眺めていると、ものすごく落ち着かない。なぜ彼が自分の頬に触れているのかわからないが、ともあれ目下のところ最大の気がかりを述べてみる。

「あのひと、怒っているでしょうね」

あの調子だと、ただでは済まない感じがする。

「まあそれはそうやろな」

針間はあっさりと千鳥の懸念をみとめてしまった。

「ジブンの話やらなんやらを総合すれば、この先の展開もある程度は読めるんやけど」

千鳥などとはくらべものにならないほど頭脳明晰《めいせき》な針間なら、さほど多くはない手がかりでも、的確な結論にたどり着くことができるのだろうか。

千鳥はすっかり感心しつつ「それは、どういう……?」とたずねたが、針間は「まあええわ」と会話の矛先を逸らしてしまった。

「いまのいまで、ばたばたしたってしゃあないわ。明日ここに出てきたらはっきりするやろ」

「ですが、それでいいんでしょうか?」

「大丈夫やて。雑務課にはジブンがおるしな」

「はへ……?」

意表を突かれて、間抜けくさい声がこぼれた。千鳥がいるから大丈夫、なんてことはないだろう。

「それを言うなら、針間さんがいるからでは?」

言い間違いかと思ったが、針間は真面目な顔つきで「いいや」とつぶやく。

「ここの押さえは千鳥やろ」

「え。でも」

「国友さんも、都丸も、それに俺もそう思うとる。なんでかはようわからへんけど、ジブンが見えるとこにおると、ここが俺のいる場所で間違いないって思えるねん。それに、ジブンが真面目に取り組んでる姿を見ると、そうやこの方向でええんやって、こっちの足元がしっかり固まる気がするし」

「そ、そうですか……？」

これはもしかして、褒めてもらっているのだろうか？

買いかぶられているような気もするが、つまり針間は千鳥のことを信頼してくれているのだろう。戸惑いはするものの、針間に信用されるのはすごくうれしい。

「針間さん」

「ん？」

「ありがとうございます」

ふわふわとした心地になって微笑むと、思いのほか針間は真剣な顔をした。

「あのな、千鳥」

「はい？」

「俺ら、つきあわへんか？」

「へ……？」

千鳥はぱかっと口をひらいた。

ツキアウってなんだろう？　よもや、さきほど矢島がしゃべった――俺はおまえとつきあってやると言ったぞ――あれとおなじではないはずだ。

針間のはそんな上からの感じではない。だとすると……なにか自分の知らない関西独特の言い回しなのだろうか？

「あかんのか？　俺とやとそんな気にならへんか？」

「え、えっ？」

いつもは強いまなざしが、心なしか不安定に揺れている。そのさまを目にすると、千鳥の気持ちまで揺すぶられ、胸がぎゅっと締めつけられた。

「やっぱり千鳥は前のやつを忘れかねとる？」

「いっ、いえそんな。あれはもう昔のことで」

「じゃあええか？」

「ええって、あの……どうしてですか？」

なにをどう聞きたいのかもわからないまま、千鳥は混乱しきってたずねる。針間はなぜこんなにも真摯な面持ちで自分に迫ってくるのだろう？

「どうしてって、俺が女とつきおうていたからか？　確かに俺はゲイやないと思うとったが、それやったらあかんのか？　俺は千鳥とつきあいたいし、そっちこみでもイケると思うわ。てか、自分でもちょっとやばいと感じるくらいに乗り気やねんけど」

「そ、そっちって……」

言いかけた千鳥の口が塞《ふさ》がれる。唇を触れ合わせ、針間の舌は味わうみたいにそこを舐《な》め、それからもう一度強く押しつけてからゆっくり離した。

「そっちって、こういうことや」

声には笑いの成分があったけれど、眼鏡の向こうのまなざしはひどく真剣なものだった。強く千鳥に食いこんでくる男の視線。千鳥を欲しがる切羽詰まった激しい光。こんなことが本当にあるなどと思えなくて、知らずこくんと唾《つば》を飲んだ。

「なあ、なんか言うて。こういうことをしたらあかんか？」

千鳥は茫然と目を瞠ったままでいる。

針間が自分の唇にキスをした。

でも、なんで？　針間みたいに素敵なひとが、なんで自分とそんなことをしたがるのか？　あまりにも現実感がなさすぎて、口を半開きにして黙っていたら、針間が眉間を険しくする。

「なあ……もしかして、俺自体が嫌なんか？」

言って、針間はふうっと大きな息をつく。ひとつ頭を振ってから、

「なんかあかんな。どんな女でも、こんなふうに問い詰めたことなんかいっぺんもなかったのに。前に飲み屋で千鳥の恋人の話を聞かされたとき、いや、もちょっと前からジブンを見てるとおかしくなるねん」

「お、おかしくって……？」

「目の前でその癖っ毛がぴょこぴょこ跳ねると、なんかさわってみとうなる。たまにええ顔で笑ってんのを目にしたら、ほかのやつにもそんな顔を見せとんちゃうかともやもやするし。

あと、ずいぶんと細っこい身体やなあと思ったら、あんまし手荒に扱ったらあかんなあ、せやけどどっか、無茶苦茶にしてみたいって考えとる自分もおるねん」

「………」

「な？　聞いたらちょっと引いてまうやろ？　俺かてそうや。千鳥にどんだけハマってるんやて」

針間はいま、千鳥にハマっていると言った。さわりたい。もやもやする。無茶苦茶にしてみたい。そんなことも口にした。もしかして、針間は本当に自分とつきあいたがっている……？

「わ、わっ。うわ……っ」

ようやく針間の告げた内容が腑《ふ》に落ちた。とたん、ボッと音を立てるいきおいで顔面が熱くなる。

「なんやジブン？　ものすごい真っ赤やで」

「だっ、だって……針間さんが、僕とつきあわないかって……」

このひとが。こんなひとが、よりによって自分とか？

うれしいという以上に千鳥はのぼせあがってしまい、目の前がちかちかしている。針間はその様子を呆れて眺め「いまさらか！」と突っこんできた。

「俺の告白を聞いてから、何分経ったと思とんねん!?」

「でっ、でも、実感が……ほんとのことだとも思えなくて」

するると、針間はぐいと千鳥を引き寄せた。

「ほんなら、こうしたら実感湧くやろ」

もうこれ以上はないくらい針間の顔がアップで迫る。千鳥は思わず目を閉じた。

「……んっ」

針間は下唇を自分の唇で挟みこみ、そこの弾力を確かめるようにしたあと、舌先で上の唇をなぞるように舐めてきた。それから頬に添えた手で千鳥の顔を上に向かせ、深く唇を重ねてくる。そうしてまた濡《ぬ》れた舌が入りこみ――。

「……っ……っ、っ……」

長いあいだ息を詰めていたために、どうやら酸欠を起こしたようだ。思わずもがいてしまったら、針間が唇を離してくれる。

「……ぷ。はぁ……っ」

そのあとぜいぜいと息をつく。針間は「なにやっとんねん」と訝しげな顔をした。

「息せんかいな」

「だ……て、鼻息が……針間さんに……」

かかるから。とようやくそれだけ洩らしたら、彼は驚き呆れたふうに両眉をあげてみせる。

「鼻息がどうした言うねん。キスしたら、そんなん当たり前やろが」

それはそうだが、荒い鼻息を吹きかけるのは恥ずかしいのだ。赤くなってうつむくと、針間は少し身を屈《かが》め、耳元にささやいてくる。

「前のやつと、あんまりキスとかせんかったんか？」

千鳥がうなずけば「そうやろな」とうれしそうな声がする。

「なんやジブン、マジで緊張しとるようやし。スレてへんちゅうのんか、がちがちになっとるのがむっちゃ可愛い」

確かに緊張はしている。けれども、未経験の乙女《おとめ》のように言われるのも困ってしまう。

「あの。僕は……女の子じゃ、ないですよ？」

言わずもがなだと思うのだが、遠慮がちに伝えてみたら、針間は「そんなんわかっとる」と低い響きを耳孔《じこう》にそそいだ。

「スーツ着とる女の子がいるかいな。せやけど、可愛いと感じるもんはしかたないやろ」

ほんまに可愛いと耳たぶを舐められて、びくっと背中を撥ねあげる。すると、針間は「ずいぶん感じやすいねんな」とものすごくうれしそうな声で言って、またも千鳥にキスをする。

「ん……ふぅ……っ」

今度は最初から唇を深く重ね合わされる。やっぱり息が苦しくて口を開けたら、そこから舌が入りこんだ。

ぬめらかな感触が口腔《こうこう》内を這《は》い回る。自分の舌にそれが巻きつき、絡まって、もつれ合う。前の男にも、誰にもされたことのない、情熱的な口づけに千鳥の脚から力が抜けた。

膝《ひざ》が砕けてしまいそうなキスを受け、腰を抱かれてぴったり身を寄せ合えば、頭のなかが針間でいっぱいになってしまう。

「ん……く、ふっ……」

自分からも腕を回して針間の上着の生地を摑めば、ますます抱擁がきつくなる。

「千鳥。ほんまに可愛いな」

唇を少しだけ離して針間がつぶやいたとき。

「すみませーん。そちらに残っておられるかたー」

パーティションの向こうから声が聞こえ、ぎょっとして立ちすくむ。

「残業届は十一時になっていますが、まだお仕事が終わりませんかぁ？」

巡回している警備員の確認だった。針間があわててドアを開けて、部屋を出ていく。もう帰ると伝える声が離れた場所からしたのちに、ほどなく彼が戻ってきた。

「……ほな、帰ろか」

「あ、はい」

会社のなかなのに、外の気配にも気づかず夢中になってキスをしていた。

あらためてそれを思えば、馬鹿馬鹿と自分をそしる声が聞こえ、同時に猛烈な恥ずかしさに見舞われる。

千鳥は顔を赤くしたまま下を向き、針間に続いて雑務課を出ていった。

8

翌朝、千鳥は最寄《もよ》り駅の階段をのぼるところで針間の後ろ姿を見つけた。すらっとしたその長身は、少し離れたところからでもよくわかる。広い背中を見たとたん、昨日あの胸に抱かれたことを思い出し、千鳥の頭は爆発しそうになってしまった。

ゆうべは本当に彼とキスを……そう思ったら、気恥ずかしいやらなんやらでいても立ってもいられなくなる。

針間は自分を可愛いといってくれた。耳たぶを舐められて震えたら――ずいぶん感じやすいねんな――とまたキスを。

彼にきつく抱きしめられて、千鳥も夢中で熱心な口づけに応じてしまい…。

「う、わあ……」

針間の背中を眺めつつ、思わず千鳥は声を洩らした。あれからずっとあの情景が繰り返し頭のなかで再生され続けている。

でももう朝で、これから働くところなのに、こんなことじゃ駄目だろう。しっかりしなきゃと、自分の頰を両手で叩いて活を入れる。そうしてようやく仕事モードになったのに、目の前の光景がそんな気持ちを飛ばしてしまった。

「おはようさん」

会社に向かう人々のなか、針間の横顔はそう言ったように思える。

それを聞いたわけではなく、思えるなのは、針間は千鳥より数メートルほど先にいて、告げた相手は自分ではないからだ。

あのひとは……？

肩のあたりまで伸ばした髪が綺麗にセットされている。着ているベージュのパンツスーツは、そのとろりとした素材のためか、女らしいやわらかさと華やぎを見る者に感じさせる。それに加えて、お洒落なバッグと、パンプスの組み合わせは、いかにも都会のワーキングウーマンといったふうだ。しかも、針間に向ける横顔は上気したように輝いていて、それを目にする千鳥の心をいやおうなく押し潰す。

知的でセンスのいい、美男美女。

まさにお似合いのふたりだった。

「おはよ。千鳥ちゃん」

茫然としていたせいで、自分にかけられた声に反応しそこねた。続けて「どした？」と問いかけられて、ようやく千鳥は挨拶し返す。

「あ……おはよう、ございます」

いつの間にか隣には都丸が歩いていて、こちらを訝しげに眺めていた。

「腹でも壊した？　なんか元気ないっぽいけど」

「いえ、平気です、けど……都丸さん」

聞きたい気持ちと知りたくない気持ちとが入り乱れる。結局、後者が勝って、千鳥は喉から掠《かす》れがちな声を洩らした。

「あそこ、ですけど。針間さんの隣にいる、あのひと……」

「え、うん。針間ね。……うわ、なんだって？　あれ、総務課の渡瀬《わたせ》さんじゃん」

千鳥の台詞に行く手を眺め、都丸が口を尖らす。

「あーあ。渡瀬さんは針間狙いか。ちぇっ、つまんないの。彼女を気にしてる男どもは多いってのに、あいつが美味しいとこ持ってくとはな」

「やっぱり、そう……見えますか？」

「んーまあ、見た感じそうじゃない？　え、なに？　もしかして、千鳥ちゃん……」

千鳥の表情から察したのか、都丸が好奇心に満ちた視線を向けてくる。ドキッと心臓を跳ねさせてうつむけば、その耳に意外な、しかしある意味当然の疑問が投げかけられる。

「渡瀬さんをいいなって思ってた？」

千鳥の無言を肯定と判断したのか、都丸が遠慮がちに言葉を添える。

「あっ……と。でもでも大丈夫。千鳥ちゃんも一部女子のあいだではかなり人気があるほうだから。ゆるふわ系で可愛いからって、確実ファンはいると思うよ？」

取り成してくれる台詞は耳に入っても心に残らず、千鳥の頭にはいかにもお似合いのふたりの姿がこびりつく。

「もし……渡瀬さんにつきあってと言われたら……針間さんは承知するかな……」

口に出したとは思わなかったが、声にしていたらしい。

「そりゃするかもねえ。なにしろ、彼女はウチの会社じゃ一番人気の女性だし」

その返答が、千鳥の心を打ち砕く。そうして自分はあらためてそれに気づいた。

針間はあんなにも女性と連れ立っているのが自然だ。元々針間はゲイではないし、千鳥にキスしたことだって、ただのいきおいか勘違いなのかもしれない。

たまたま針間が困っていたとき助けたから。身近にいてアシスト役をしているから。そのために、いっときは千鳥をいいなと思っても、いずれは幻想が消えてしまう……？

そう……かつて千鳥を捨ててしまった彼のように。

違うと反駁したいのに、つきあってくれと言った針間の言葉を信じたいのに、目の前の光景が千鳥を苛む。

現実を見ろ、あれが自然の成り行きだ。

おまえの出る幕など最初からない。

針間がおまえと連れ立って歩いていても、誰ひとりカップルだなんて思わない。せいぜいが出来の悪い部下と見られるのがいいところだ。

そんな声がどうしても消せなくて、千鳥は自分の靴先だけ見て会社までの道のりを進んでいった。

「おはようございます」

そうしてまもなく雑務課に入っていって、挨拶をしたときも針間の顔が見られない。そそくさとデスクに着いて、パソコンを起動させ、そちらに集中しているようなふりをする。

「千鳥……？」

しかしこの行動は、かえって不自然になったらしい。怪訝な調子で針間が問いかけたとき
――めったに鳴らない綿谷のデスクに電話がかかった。

「はい。綿谷です。……はい……はあ……それはまた……」

綿谷は困惑顔をしている。いつもはのんびりしている課長がめずらしい。いったいなにがあったのだろうと、雑務課の面々が視線を集中させていると、彼は受話器を元に戻して窓際からみんなを見やる。

「今日付で矢島くんが天然ゴム課の応援部員になったそうだ」

「はあ？」

大声で言ったのは都丸。あらためて気づいたが、この場に矢島の姿はない。

「あの。それってどういう？」

「天然ゴム課長から、いま挨拶があったんだ」

「挨拶って……課長は事前にそのことを？」

「いや、まったく。それと、もうひとつあるんだが」

初めて見せる不愉快そうな面持ちで、綿谷が驚くべき事実を述べる。

「いま雑務課で進めている和泉化学への納入業務は、以後天然ゴム課の取り扱いになるそうだ」

「なんやて⁉」

言うなり、針間が立ちあがる。

「それ、どういうこっちゃねん⁉」

「プロジェクトへの稟議はとおった。ただし、その業務を遂行するだけの人材が雑務課では見こめない。よって、こののちは天然ゴム課が引き受ける、とのことだった。あちらなら、すぐに動かせる営業マンが何人もいるからね」

「人材がって、こっちにもひとはおるわ！　それに、いきなり天然ゴム課が乗り出したかて、あっちとの顔繋ぎもしてへんやろが。たとえデータを渡しても、相手さんへどのあたりまで説明したかわかってへんし……」

そこまで言って、針間は頬を歪ませた。

「……ああそっか。やっぱり矢島か。ある程度予想はしてたんやけど、最悪のシナリオやったな」

針間が心底嫌そうに吐き捨てる。

「ちょ、ちょっと待って。俺はぜんぜん話の道筋が見えてこないよ。いったいどういう成り行きなんだ?」

都丸が当惑しきった様子でたずねた。

「ああそうやな。説明せなわからへんな。俺もゆうべ知ったんやけど——」

針間からここに至る事情を明かされ、都丸はなんともいえない顔になった。首をコキコキと回してから「はー、まいったね」と吐息交じりの声を洩らす。

「つまるところ人事部長の計算勝ちか。正式な人事異動は無理でも、応援部員なら部署長の発令でオーケイが出る。矢島は和泉化学との顔繋ぎはできているし、データも……たぶんコピーを持ち出しているんだろうね。矢島ならどの辺まで相手先への説明を済ませているか知っているし、資料を持っていったならいちいちこちらへお伺いを立てる必要もないんだしね」

事のいきさつを飲みこんで、都丸はすっかりあきらめの境地らしい。

「それにウチの会社では、天然ゴムの扱いは天然ゴム課が当たるのが本筋。かつ、ものになりそうなプロジェクトがあるのなら、応援部員の矢島を中心に、チームを組んで事に当たるのは自然な成り行き。と、その流れを引っくり返すのは無理かもね」

都丸はしかたがないと言わんばかりだ。しかし、針間はその心境にはなれなかったようだった。

「こんなん許さへん」

声高に叫ぶや目を据えてデスクを回る。そのままドアに行きかけるから、千鳥は慌てて彼を止めた。

「待ってください。どこに行くつもりなんです？」

「天然ゴム課と、人事部や。一発カマさな気が済まへん！」

「だっ、駄目です。針間さん行かないで」

このいきおいの針間をそのまま行かせたら、喧嘩になるのは目に見えている。まさかと思うが、もしも社内の人々が見ている前で人事部長や矢島を殴れば、針間は懲戒免職だ。

「針間さんがくやしいのはわかります。僕だって、本当にくやしくてたまりません。だけど、いま行っても決定は変わりません」

彼の上着の裾を摑んで、必死になって語りかける。

「みんなで方法を考えましょう。きっとなにかあるはずです」

だから、落ち着いて考えて。千鳥が懸命にそう伝えると、針間の身体から怒気が薄れた。

「……わかったわ」

それから千鳥のほうを振り向いて、笑おうと努力する。

「腹立てて、突っ走って、相手を殴っても解決にはならへんしな」

無理な笑顔を目に入れて、千鳥の胸はきりきり痛んだ。針間がここまでどれほど尽力していたか、自分はよく知っている。なのに、それを理不尽極まるやり口で奪われて、針間はどんなに憤りを感じているか。

しんと静まり返った室内に、ややあってから「あーあ」と都丸のぼやきがこぼれる。

「もったいないなあ。せっかくここまでこぎつけたのに」

それはみんなの総意だろう。

これで和泉化学に関する業務は他部署の手に渡ってしまった。千鳥は無念でならないが、その気持ちは国友も同様か、デスクのところから「残念です」とちいさな声が聞こえてくる。

「……まあ、そうは言うても、上が決めたならしゃあないわ」

くやしさを払うように針間は言い、千鳥の肩を軽く叩く。

「でも、ありがとな。ここまで充分ジブンは力になってくれたわ」

「いえ、そんな。僕なんて……」

千鳥は結局、なにも力になれていない。人事部長や、矢島に脅され、右往左往していただけだ。

「そんでもな、俺は礼を言っときたいんや。ジブンはやつらに脅されて苦しい立場になっとったのに、みんなを守ろうとしてくれたんやし」

それから針間は姿勢を変えて「都丸。ちょおつきおうて。敵情視察に行ってみよか」と誘いをかける。

「いいよ。でも穏便に」

「そや、穏便に」

ふたりは顔を見合わせて、にやりと笑い、まもなく部屋を出ていった。

「千鳥さん……」

国友が席を立ち、こちらのほうに近づいてくる。彼女の不安げな顔つきを見て、千鳥はとっさに微笑した。

「大丈夫です。また一からはじめればいいんですから。とりあえず、僕たちはあのふたりが戻ってくるのを待ちましょう」

おだやかにそう言うと、国友はふっと表情を緩めてうなずく。

「僕は雑務課が人材不足とは思わないです。望むとおりにならなくてくやしいですけど、どうしてかもう駄目だとは感じないんです。少なくとも、いまは一緒に相談し合える仲間たちがいますから」

「……私もそう思います」

国友がつぶやいて「私も頑張ります」と言う。

「はい。僕も頑張ります」

そう……。いままでより、いまから。

仕事は奪われてしまったが、信頼できる仲間はなおも残っているのだ。

＊　＊

それから十日間が経ったいま、雑務課の仕事はほぼ開店休業。針間と都丸とが食糧事業部からちいさな仕事をもらってきて、それをみんなで手分けして片づけるくらいのものだ。為替や、ＦＸのレートを収集する作業など、さして難易度の高くない業務ばかりで、内容だけ見ていれば本当に雑務課といったところだ。量もないので、日々全員が定時で終わる。

針間も以前の働きぶりは必要がなくなって、ここのところ千鳥と一緒に退出している。帰社後の行き先は飲み屋だったり、針間のワンルームマンションだったり、千鳥の住居だったりするが、そのなかでいちばん多く過ごしているのは千鳥のそれだ。針間のところは社宅扱いなぶん、アマダ商事のほかの社員も住んでいるので、やはり千鳥の部屋がいちばん過ごしやすいのだった。

「今晩はなににしましょう？」

「せやな。昨日が肉やったから、今晩は魚的なもんが欲しいわ」

「じゃあ……鮭《さけ》じゃがでどうですか?」

「おお、ええな」

そんなことで話がついた。その後はスーパーマーケットに寄り、食材の入ったレジ袋を提げて帰る。

「千鳥は先に着替えてきいな。そのあいだに、俺がひと品作っとくから」

「はい」

言われたとおり千鳥が七分袖のカットソーとコットンパンツに着替えるあいだ、針間はキッチンで手早くつまみを作っていた。

「わ。美味しそう」

彼はこのあと自宅まで帰るので、スーツの上着を脱いで、シャツの袖をまくった姿だ。手元にあるのはまぐろとアボカドのユッケで、豆板醤《とうばんじやん》を使ったのか、流しにビンが置いてある。

「こいつは簡単にできるから好きやねん。千鳥は辛いもん平気やろ?」

「はい、大丈夫。ありがとうございます。じゃあ、このあとは僕がしますね。針間さんはビールでも飲んでてください」

「おお。頼むわな」

針間が冷蔵庫から缶ビールを一本出し、リビングに向かっていく。まもなくテレビの音がして、野球を観はじめたようだった。

「針間さあん」

「んー?」

「テレビの横の棚のところに、ポテトチップスが置いてあるのでよかったら」

「ん……ああ、これか。もらうわな、ありがとさん」

千鳥は針間ほど要領がよくないので、料理を作るのに手間がかかる。それでもどうにか大皿いっぱいに鮭じゃがを盛りつけると、リビングに持っていった。

「うわ、すごいな。美味そ」

「えっと。それと、あんまり綺麗にできなかったんですけど、シーザーサラダも作りました」

引き返して取ってきたガラスの器には、さほど見た目のよろしくないサラダがある。飾りつけのセンスのない千鳥が作ると、いつも食材がぐちゃっとなって、あまり美味しそうに見えないのだ。

「いやいや、充分ええ感じや」

それでも針間は及第点をつけてくれる。

「そんならいただこか」

「はい。いただきます」

針間のまぐろアボカドユッケもローテーブルに持ってきて、小皿に取り分けふたりで食べる。

「針間さん、これすごく美味しいです」

「ほんまか。そらよかったわ」

ふたりが笑顔で囲む食卓。母が亡くなってからこういうのは本当にひさしぶりで、楽しくて、うれしくて、なのに心の奥のほうでは苦しい想いが消えないでいる。

この時間が楽しければ楽しいほど、頭のどこかでささやく声が聞こえてくるのだ。

思いあがるな。針間にふさわしい人間は本当におまえなのか——と。

「なあ千鳥?」

「はい?」

「ジブンはどこのファンやねん」

テレビの選手が二塁打を放ったところで針間が聞いた。

「そうですね……僕はどこのファンでもないかも」

「野球には興味ないんか?」

「いえ。観るの自体は結構好きです。でも、どこのチームが特別好きとは言えなくて……。

針間さんはやっぱり阪神ですか?」

「そらもちろん」

針間がなぜかいばった感じで胸を反らす。

「家中みんな阪神ファンや」

そういえば知っとるか、と隣で缶ビールを手にした針間が千鳥のほうに向き直る。

「地元の話になるんやけど、梅田《うめだ》の阪神百貨店な、あっこにはタイガースショップがあんねん。ガキのときに、そこでユニフォームとおんなじ柄のシマシマパジャマを買《こ》うてもろうて、ものごっつうれしかったんおぼえとるわ。大人ものも売っとるから、そのうち着たろかと思うんやけど、どうやろう?」

クールな感じの美貌を持ち、スタイリッシュな外見のこの男がシマシマパジャマ。想像したら、なんだか微笑ましい気分になった。

「それもいいと思いますよ。今度着てみせてください」

頬を緩ませてなにげなくそう言うと、針間の表情がふっと変わった。

「俺はええけど、パジャマやで」

含みを持たせた彼の言葉。艶《なま》めかしい流し目に、千鳥の身体ががちんと固まる。

「あ……その」

「なあ千鳥」

針間がおもむろに缶ビールをテーブルに置く。

「俺はジブンにつきあってくれって言うたな? あの返事はどうなってん」

思わず千鳥が目を泳がせると、そのさまをしばらく眺めて、針間がハアッとため息をつく。

「そうやって、ためらっとる様子やからゴリ押しはせえへんけどな」

言って、針間が隣の場所から立ちあがる。そうしてソファのところにあったスーツの上着を手に取るから、千鳥はおろおろして腰を浮かせた。

「あの……」

怒らせたのかと思ったが、彼は違うと首を振る。

「怒ってへん。千鳥がこのことを真面目に考えとるぶんだけ、慎重になっとんのはわかっとる。せやけどムラムラしてもうたから、今晩は帰るわな」

このままおったら、押し倒してしまいそうや。

冗談の調子だが、針間の目は不穏な感じに光っていた。

「ほな、また明日」

口の端だけで軽く笑って、針間が玄関に足を進める。千鳥もふらふらと彼の背中を追いかけた。

「針間さん……」

「すみませんて、言うたらあかんで」

千鳥の発言を先取りして針間が告げる。と、いきなり目の前の広い背中が反転した。

「……っ⁉」

あっと思う暇もなく、針間に抱き締められ、キスされていた。

ぬるりと舌が入りこみ、それでくまなく口腔《こうこう》内を探られる。針間の右手は千鳥の腰、左手は背中にある。

きつい抱擁と、激しいキス。前のときより少しばかり乱暴なのは、はっきりしない千鳥に苛立っているからだろうか？

「ん……っ、く……ふ、ぅ……っ」

舌を吸い出され、相手の口中に誘《いざな》われて、強く激しく吸いあげられる。洩れる吐息も、唾《だ》液《えき》も、なにもかも奪われてしまうような熱の高いキスだった。

「ふ……ん、ぅっ……ふ……」

「千鳥」

唇を離してから、針間があらためて千鳥の身体を抱き締める。背中が反るほどぎゅっと締めつけ、そうしてゆっくり腕を離した。

「……ほんまにあかんわ。なんでこんなに千鳥のことやと辛抱が利かんのやろ」

らしくなく、自嘲《じちょう》のこもる声音だった。そうして針間は向きを変えると、玄関のドアを開ける。

「は……」

呼びとめかけて、結局はそれ以上声が出ない。ドアが閉まると、千鳥はその場にへたりこ

んだ。

「針間さん……ごめんなさい……」

あやまるなと言われたけれど、そう洩らさずにはいられない。

千鳥は針間が大好きだ。針間とずっと一緒にいたくてしかたない。今晩みたいにふたりで料理し、テレビを観て、おしゃべりして、笑い合う。そんな毎日が欲しくて欲しくてたまらない。

「だけど……」

千鳥は怖いのだ。突然目の前からいなくなってしまった母親。そののちに寂しさから逃れようとつきあった恋人も、いきなり姿を消してしまった。借金を残されて騙されたとわかったときに、千鳥は憤りを感じるよりもただただ哀しかったのだ。置いていかれて、寂しいと思ったのだ。あのときでさえそうだったのに、もしも針間に捨てられてしまったら、千鳥はもう生きていけなくなるかもしれない。

いつの間にか、それほど針間を好きになってしまったから。

針間は仕事ができて、頭がよくて、見た目もすごく格好いい。だけどそれだけじゃなく、針間は心のなかに温かいものがある。そして、本当のやさしさを持っている。

そんな素晴らしい男からつきあってくれと言われて、自分には過ぎた幸せだと思うのだ。

なのに……どうしても千鳥は踏ん切りがつけられない。

「僕は……弱い」

針間はそもそもゲイではない。女を愛する人種なのだ。その彼が千鳥を気に入ってくれ、それはすごくうれしいけれど、やっぱり勘違いをしていたと言われたらどうしよう。自分のようなやわらかくも美しくもない男の身体に触れて、興醒めしたと思われたらどうしよう。

一時はその気になったけれど、あれはただの錯覚だった。やはり総務課の渡瀬さんのほうがいい。そう言われたらと考えると……無性に怖くてしかたなくなってしまうのだ。

「僕は……どうすればいいんだろう……」

玄関前の廊下に座りこんだまま、青褪めた顔の千鳥は長いあいだそこから動けないでいた。

9

「おはようさん」

翌朝、最寄りの駅の改札を出て、会社に向かう途上で声をかけられる。振り返れば果たしてそこには針間がいて、ゆうべはなにもなかったように屈託なく笑ってみせた。

「あ……」

「なんや、その顔。しけたツラしてんやないで。これから仕事や、しゃきっとせんかい」

「は、はいっ」

「今日からまたネシア語の続きをするで。どんだけジブンがおぼえとるか聞かせてもらうわ」

「う。あ、はい」

よほど千鳥は自信なさげな表情をしたのだろう、今度の笑いは声に出してのものになった。

「大丈夫。忘れとったらおぼえ直せばええんやから。商社勤めで外の言葉は邪魔にならへん。いまはアレやけど、かならずチャンスは回ってくるし。そんで、そんときはばっちり戦力になってもらうで」

「はい！」

「よっしゃ。ええ返事や」

言って、針間は歩みを進めて千鳥を追い抜く。置いていかれないように、千鳥もまた背筋を伸ばして足を速めた。彼に追いつき、横に並び「……ありがとうございます」と、これはごくちいさくつぶやいた。

「しゃあないから……」

「え？」

針間の声が車のクラクションとかぶさって聞こえなかった。問い返したら、苦笑いを浮かべた男と視線がかち合う。そうして彼がなにごとか言いかけたとき。

「おはようございます」

挨拶しながら針間の脇に回ってきたのは渡瀬だった。

「今日はおなじ課の後輩さんと出勤ですか？」

そう言って、千鳥を見てにこりと笑う。綺麗にマスカラが塗られた睫毛《まつげ》や、ローズピンクの唇がまぶしくて、心に痛く、千鳥は会釈を済ませると言いわけの台詞を探した。

「僕ちょっと……お先に行かせていただきますね。今日はビルのエレベーターを使わずに、階段をのぼってみようと思うので」

けれども、たいした文句など考えつかず、それだけ告げてそそくさと先を急ぐ。背後でなにか会話があったように思うが、針間は追いかけてこなかった。

仕事をする。インドネシア語の勉強もする。

とりあえず今日はそれだけでいい。

その先は、明日になってから考えたい。

いまは自分の惑う心を押しやりたい。

千鳥はこの雑務課で、せめても針間の役に立つ仕事仲間でいたいのだから。

＊　＊

——かならずチャンスは回ってくるし。

針間が言ったとき、千鳥はその言葉を疑ってはいなかった。針間の言うとおり、いつかかならずとは思っていたが、ただそれが三日後とは考えていなかった。

その日、いつものように雑務課のメンバーで引き受け仕事を片づけている最中に、前触れもなく矢島が怒鳴りこんできた。

「おまえら、いったいなにをした⁉」

千鳥は茫然と、激高している彼を見た。むしろ、それを言っていいのは、自分たちではなかったか？

しかし、矢島は皆を睨んで、さらに怒りを迸《ほとばし》らせた。

「あれはちょっとしたトラブルだ。まだ充分に挽回できる案件だ。なのにどうして、俺の手を離れる羽目になったんだ⁉」

矢島がなにを言っているのかわからない。千鳥がぽかんとしていたら、針間がずいと前に出た。

「ははあ、わかったわ。つまりジブンは和泉化学の案件をしくって取りこぼしてしもうたと」

「それで、俺たちに文句をつけに来たってことは、あのプロジェクトはこっちに戻ってくるのかなあ？」

針間に続けて言ったのは都丸。ふたりとも、ずいぶんとひとの悪い顔をしていた。

「……っ！　トラブルなどささいなことだ。すぐにサンプル原料を納め直せば事態は収まる。俺が言いたいのは、なぜ天然ゴム課から雑務課などに差し戻しになったかだ！　おまえたちがなにか不当な画策をしたんだろう⁉」

「不当って……あんた、言ってて恥ずかしくない？」

「千鳥を脅して内部を荒らし、そのどさくさにデータをちょろまかして逃げたんはおまえやろ？」

「うるさい！」

ふたりにそれぞれ突っこまれ、矢島は赤い顔で怒鳴った。

「俺はちゃんとやってたんだ。もう少しで実機の生産にまでこぎつけたのは、この俺の実力だ。なのに……おまえたちがなにか裏で汚い手を回したに違いないんだ！」

「言うに事欠いて、ってのは、まさにこういうのを指すんやな」

呆れ果てたと言わんばかりの針間の口ぶり。矢島は猛烈な迫力で針間の許《もと》に詰め寄った。

「貴様……！」

「吠《ほ》えなや、アホウ！」

返す針間も、鞭打つような激しさだった。思わず千鳥は肩をすくめる。

「なに言いに来たんか知らんが、お門違いや。去《い》にさらせ」

「なんだと!?　この……！」

どちらも胸倉を摑み合わんばかりだった。そのときお茶をズズッと啜って、綿谷がのんびり口を挟む。

「まあまあ針間くん。矢島くんも、落ち着いて」

「せやけど、課長……！」

「この案件に関してこれ以上言い合ってもしかたがないよ。差し戻しはすでに決まったことだろうしね」

「だけど俺は納得できない。いったんは天然ゴム課に移ったものを、どうして元に戻したんだ⁉」

矢島は憤懣《ふんまん》やるかたない様子だった。綿谷は少し困ったように頬をかき「これは私の個人的な意見だけどね」と前置きしてから台詞を続ける。

「この業務に関しては、雑務課で取り扱うのが適しているよ」

「だが……！」

血相を変えてなおも言い返す矢島を前に、綿谷は「それじゃあ、たとえ話をひとつしよう」とおだやかな口調で述べる。

「きみたちは囚人のジレンマを知っているかい？」

針間と矢島は思わずなのか、互いに目を見合わせる。と、直後にフンと視線を逸らした。しばし沈黙が下りた部屋で、千鳥はおずおずと口をひらく。

「……あの、課長。不勉強ですみません。だいたいはわかるんですが、詳しく教えていただけますか？」

この流れに嘴《くちばし》を挟むのは勇気がいったが、綿谷の言う意味を正しく知りたい。思いきってたずねたら、彼はその返事を他者に委《ゆだ》ねた。

「じゃあ、都丸くん。答えてあげて」

「あ、はい。ええと……」

都丸が言ったのを要約すればこうだった。

囚人のジレンマとは、ゲーム理論のひとつであり、経済学の講義でもよく語られる問題だ。共同で罪を犯したふたりの男、AとBはそれぞれ別室でこう言われる。もしおまえたちがふたりとも黙っていたら、懲役二年。ひとりだけが自白したら、その男は即釈放。そして、自白しなかったほうは懲役十年。あるいはふたりとも自白したら、どちらも懲役五年となる。

このとき、AとBは協調して黙るべきか、それとも相手を裏切って自白したほうがいいのだろうか?

もちろん、ふたりとも黙っているのがもっとも得策であるのだが、たいていはそうならない。

相手が黙っているのなら、こちらは自白したほうが釈放されて得になるし、相手が裏切って自白するなら、こちらも自白してしまえば十年の懲役が五年になる。

かくて、どちらも自白して相手を裏切る途《みち》を選ぶ。黙っていれば二年のところ、両者の裏切りで五年となるのだ。

これはファストフード店の値下げ競争にもよくあることで、自社の販売数を伸ばそうとしてきりなく価格を下げていけば、結果として全体の売上額が低下する。つまり、自分だけいい目を見ようと考える人間がいる限り、このジレンマはなくならない。

「そうそう、じょうずに説明できたね。じゃあ、次は千鳥くんに質問だ」

いつもはのほほんの綿谷だが、こうしたときのたたずまいには言葉にできない重さがある。エキサイトしていた針間と矢島も、いまは黙って会話に耳を傾けていた。

「私が社長から雑務課長を拝命してすでに三年あまりが経ったが、今年の春以前にここに入ってきた社員たちは、ことごとく夏のボーナスをもらったら辞めてしまった。それはいったいどうしてだろう?」

「それは……仕事がないからでしょうか?」

「だが、きみたちは仕事をしていた」

「それは、針間さんが仕事を持ってきてくれたお陰で」

「確かにあれは針間くんのお手柄だったね。だけど、その針間くんもさほど持たなかったと思うよ。早晩パンクして、業務は暗礁《あんしょう》に乗りあげていた」

なぜかわかるかとたずねられ、千鳥は不出来な生徒の顔で首を振る。

「アマダ商事は、株式では一部上場の有名商社だ。ここに勤める社員たちはこの会社に入社したこと自体で、すでに多くの競争相手を蹴落としている。商社の営業をばりばりこなす連中は、多かれ少なかれ自分に自信があり、成功体験もどっさりある。そんな彼らが不当な人事で仕事のない部署に来たら、たいていは不平不満を心にいだく。元の上司に文句をつけ、自分をこんな目に遭わせたと、恨んで周囲に当たり散らす。雑務課への帰属意識などまったくないし、当然おなじ課の人間も仲間だなんて思わない。皆の最初の言動はそんな感じじゃなかったかい？」

「はい……そうでした」

思い出して千鳥はうなずく。この課に最初に来たときは、皆の心はばらばらだった。

「会社の仕事はひとりでするもんじゃない。どんなに能力があったって、社長が会社に十人いたら、その会社は潰れてしまう。同様に、自分を過大に評価しすぎる人間ばかりが寄せ集められてもうまくいかない。まあ、本当に能力のある人間ならば、別の会社に移ったってやれるだろうけど。だから私は彼らが辞めると言ったとき、引きとめはしなかった」

だが、今年はちょっと面白いんだと綿谷は言った。

「どうしてだか、針間くん、きみは答えられるかい？」

「そら、もちろん。今年は千鳥がおるからや」

至極当然のように即答する。

「さっき言うてた四人のジレンマ、あれは自分が自分が言うてガツガツしとる連中の話やから。しかも、世のなかはたいていの人間がそうなっとる。せやけど、千鳥みたいなお人好《ひとよ》しがそんなかに交ざっとれば、ジレンマは解消するっちゅうことや」

「うんうん。なるほど。そういうことだね」

わざとなのか大げさに都丸が同意して、国友がちいさくうなずく。

「出世したい、たくさん給料もらいたい、あっちのやつより自分のほうが上司に目えかけてもらいたい。ひとよりちょっとでもええ目が見たいのも当然やけど、そんなんばっかやと、やっぱり会社は回らへん。サポート役に徹する人間が会社には必要なんや」

「そうそう。その例で言うんなら、たとえ矢島が十人いたって、和泉化学の案件は成功するわけないからね」

「うるさいうるさい！」

彼らの指摘に、矢島がふたたび興奮状態に戻って怒鳴る。

「俺は天然ゴム課の応援社員だ。ゴムの案件はあちらだけで取り扱うのが本筋だ。差し戻しの依頼が来ても、辞退するのが本当だろうが！」

「そうかもしれないが、まあ矢島くん、落ち着いて」

あくまでのんびりと綿谷がなだめる。

「先程も話したけど、この案件はすでに決定事項だよ。それとこちらに仕事が戻ってきたからって、うまくいくとは限らないし。なにしろ雑務課は人材不足のようだしねえ」

にこりと笑う綿谷の様子に、矢島がぐっと言葉を呑んだ。

「とにかくこれ以上の議論は無駄だよ。一度頭を冷やしてから、人事部長なりなんなりに相談してみるといい」

これで話はおしまいといったふうに締めくくる。矢島はあらためて針間と千鳥とを睨んでから、足音荒く雑務課を出ていった。

「……あの。もしかして、課長が手を回しました？　矢島がトラブルを起こしたら、雑務課に仕事が差し戻しになるように」

閉まったドアから都丸が視線を転じて問いかけた。綿谷はそうだともそうでないとも言わないで、ふたたび湯呑のお茶を啜る。と、その直後、針間が動いた。

「課長。和泉科学のクレームの内容を課長ならご存じやないですか？」

「いや、さほどには。ただ、粘度不足と異物のせいで製品に不具合が生じたとだけ」

針間は考えこむ顔つきになり、低く何事かをつぶやいていたあとで、あらためて皆を見た。

「千鳥！」

「はい」

「都丸も、国友さんも。すぐにスケジュールの詰め直しや。この案件はクレームになっとるし、すぐにかからなプロジェクトそのものが終わってまう。俺は和泉化学との交渉を再開するから、都丸はその補佐頼むわ。国友さんはこれから俺が言うデータをすぐに用意してや」

ふたりが前後して承知するのをみとめてから、針間は再度千鳥を見やる。

「ジブンは今日にでも現地に飛んでや」

「僕が、インドネシアにですか？」

「そや。ゴムの目利きは教えたやろう？　そのとおりにやっとけば間違いないし」

「わかりました」

尻込みしている状況ではない。千鳥は敢然とうなずいた。

「先方の要求に応《こた》えられるゴム原料を運んできます」

「よっしゃ。そんなら総務課に話を通して、ネシア行きのチケットをもらってくるんや。いまからいちばん早い便な」

「はい」

急いで部屋を出ていくと、針間も一緒についてくる。エレベーターホールへと向かいながら、千鳥は隣の男に聞いた。

「針間さんは、いまからどちらに？」

「俺は経理課や。経費のことで一発確認しとかんとあかんしな」

おそらく針間は予算稟議も雑務課に移ったかを確かめてくるのだろう。ふたりで上階のフロアに行き廊下を足早に歩いていたら、ふいに人事部のドアがひらいた。

「わっ」

「気をつけろ！」

ぶつかりかけて、あやうく回避したものの、すぐ前には人事部長が仁王立ちになっていて、険しい表情で千鳥のほうを睨んでいる。

「不注意な。きみには目がついてないのか？」

すみませんとあやまっても、人事部長はねちねち小言を言ってくる。

「こんなだからビリで入社した人間は駄目なんだ。常識がなってない」

それから千鳥の背後にいた針間のほうにも目を向けて、

「そこのおまえ。おまえもおなじだ。こんなところで、いったいなにをやってるんだ⁉」

指差しで咎められ、針間は軽く肩をすくめた。

「なにをって、わざわざ教えなあかんのか。そんなん仕事しとるんやろが」

「なんだと⁉　なにを生意気な。どんな仕事をしているのか言ってみろ！」

しれっと嘯《うそぶ》く針間の態度に、人事部長は怒髪天を衝《つ》くいきおいだ。

「あの。インドネシアへのチケットを総務課で手配してもらおうと思ったので」

たまりかねて千鳥は横からありのままを答えたが、人事部長は聞く耳を持たなかった。

「なんで雑務課の人間がネシアになど行くんだね⁉　まさか、遊びに行く気なのか！」

「まさかそんな。至急現地からサンプル原料を取り寄せる必要があるからで……」

「その程度なら、電話でもできるだろうが！　わざわざ飛行機代を使って、海外まで行く必要をみとめないぞ！」

勝手な決めつけに千鳥が唖然《あぜん》としていたら、針間が一歩前に出た。

「行く必要があるかないか、決めるのはあんたやない」

「なにを、貴様！　だいたいおまえは元から生意気なやつだった。ちょっとばかりゴルフがうまいかどうかはしらんが、社会人としての気配りだのマナーだのがなっていない！　綿谷に媚びていい目を見ても、そんなのはいつまでも続かんぞ。いいか。おまえなんか、いつか必ず私が馘《くび》にしてやるからな。ああ、そうとも。おまえなんか馘だ、馘！」

言っているうちに興奮したのか、めちゃくちゃなことを叫ぶ。

「部長。それはあまりにも……」

「横から言うな、黙ってろ！」

見かねて千鳥が口を挟むと、部長はまたも怒声を浴びせる。

「いったいなんの騒ぎだね？」

そのときふいに声がした。人事部長が振り向きざまに飛びあがる。白髪《はくはつ》の老紳士がそこにいるのをみとめるや、

「しゃっ、社長⁉」

人事部長は態度と表情とを一変させ、現れた社長の前でぺこぺこと頭を下げる。

「うるさくしてすみません。この連中が……」

社長は全部を聞かないで、人事部長の脇をすり抜け、千鳥たちの前に来る。

「きみは針間くん、それに千鳥くんだね。和泉化学の件は私の耳にも入っているよ。雑務課の課員たちが協力し合って、トラブルを乗り越えようとしていることも」

社長はふたりにそう告げてから「これからも頑張ってくれたまえ。期待してるよ」と針間の肩をひとつ叩くと、人事部長を振り返る。

「廊下で大声をあげるのは感心しないね。それにさきほどの発言は、仮にもひとの上に立つ人間として問題があるのじゃないか」

そう言い置いて、背後に控えていた秘書を伴い、廊下の奥にある会議室に向かっていく。

「あっ、社長。お待ちください……！」

まろぶように人事部長があとを追い、千鳥はぽかんと口を開けてその光景を眺めるばかりだ。

「は。ざまあみさらせ、とは言わんといたる。なにしろ社会人のマナーに外れるってこっちゃからな」

失笑の気配を含ませて針間がつぶやき、いまだ茫然としたままの千鳥の背中をぽんと叩く。

「ほな行こか。こっちは時間が押しとるんや」

10

インドネシア行き航空機は当日夕刻のチケットが取れ、出張の手配を急いで済ませた千鳥は、どうにかその便の搭乗に間に合った。

初めての海外、しかも責任を担っての出張は、千鳥に大きな緊張を強いている。絶対に失敗できない。与えられた課題はかならずこなさなければ。

そう思えば思うほど、果たして自分にできるだろうかと不安ばかりが募ってくる。

このたびの事の成否は自分だけの問題ではない。針間の、ひいては雑務課全体の今後に関わる重大な業務なのだ。

出立前のあわただしい時間のなかで、針間には——そんなに気負わんでも大丈夫や——と言われていたが、リラックスしようとしても、責務の重さが千鳥の肩にのしかかる。

吸って、吐いてと、深呼吸を試みてみたものの、これは気持ちが落ち着くどころか過呼吸気味になってしまい、待合で隣り合わせた搭乗客から心配される体たらく。

飛行機に乗ったあとも神経の高ぶりは治まることなく、機内食もそこそこに持参していた資料の読みこみを続けているが、夜間飛行ということもあり、いつまでもライトを点《つ》けてはいられない。薄暗い機内のなかで、千鳥は背筋と気持ちをがちがちに強張らせ、それは搭乗便がジャカルノハッタ国際空港へ到着してからも変わらなかった。

「ええと……たしか、ホテルはこっちのほうで……」

ここジャカルタはこの国の首都だけあって、都会的な様相を呈している。空港に隣接するホテルもずいぶんと近代的で、八時間のフライトを終えた身には清潔なシャワーとベッドとがありがたい……はずだった。

深夜にチェックインしたホテルの部屋で、千鳥は持ってきた資料をもう一度確認すると、ライトを消して目蓋《まぶた》を閉じる。今日一日をしっかりこなしていくために、睡眠は必要だ。なのに、どうしても眠りにつけず、少しだけうとうとしてはまた起きるの繰り返し。明け方近くまでベッドのなかで何度も寝返りを打ったあげく、休まなくちゃ、眠らなくちゃと思うのにも疲れ果て、とうとう千鳥はベッドから起き出した。

「どうしよう……もう朝なんだ」

時計を見れば、六時近くになっていた。外界はすでに明るくなっていて、カーテンの隙間からは陽光が差しこんでいる。

「このあとまもなく農園に……」

そう思うと、いてもたってもいられなくなり、飛びつくように資料を取りあげ、文書に目を通したけれど、なにも頭に入ってこない。いままでにおぼえたことまで全部忘れてしまったようで、千鳥は自分のこめかみを両手で押さえた。

「ちゃんとしなくちゃ駄目なのに……僕には責任があるんだから……そう、こんなことじゃうまくいかない」

情けないにもほどがあるが、軽くパニックを起こしたらしい。脂汗を滲ませながら無意味にその場を回ったあとで、資料の横に転がっていたスマートフォンが目に映る。

あの機器は日本に繋がっている。たったいま、自分が誰よりも頼みにしていて、声を聞きたいと思っているあのひとに繋がっている。

そう感じたら、我慢ができずに通信機器に手を出してしまったけれど、そのあと（いやいや）と思い直した。

インドネシアと日本の時差は二時間だったか？　だとしたら、彼は家を出る前か……あるいはもうすでに会社に出てきているかもしれない。

針間のほうこそ、いまはもっとも負担の大きいクレーム処理に当たっているのだ。こんなときに自分の不安など訴えるべきではない。

でも……いまどうしてもあのひとの声が聞きたい。それが無理なら、せめてあのひとがいることを実感できるだけでもいいから。

その想いが消せなくて、千鳥は何度かためらったのち、メールの新規作成画面を表示させた。

【おはようございます。お忙しいときにメールを送ってすみません。今日はこれからゴム農園に出向きます。精いっぱい頑張って、与えられた課題はかならず成し遂げてきますから、どうぞこちらはご心配なく】

文面はビジネスメールの体裁だが、文字を打っているうちに多少は心が落ち着いてきた。このメールの送信先には、確かに針間がいてくれる。いまはたとえ独りでも、この機器が繋ぐ先にはいまも共通の仕事をしている彼がいるのだ。

それを感じられたことで、千鳥の動揺の幾分かは鎮まった。

もうこれだけで充分だから、メールを実際に送信しなくてもいいかもしれない。そんなふうに思って、迷って——結局千鳥は送信ボタンを押してしまった。

これはごく普通の伝達文で針間に負担を強いるものではないだろうし、こちらも大丈夫だと連絡するのは不都合ではないはずだ。

そう内心で言いわけし、それでもどうにも落ち着かず、広くもない室内をうろうろする。

ベッドの端に蹴つまずいて転びそうになったとき、スマートフォンが音を立て、千鳥は文字どおり飛びあがった。

「わっ、うわ……っ」

メールを送信したのだから、返事があっても不思議ではない。なのに、千鳥は胸をばくばくさせながら、針間からの文面を目に入れた。

【お疲れさん。知らんとこで大変やと思うけど、千鳥なら大丈夫や。こっちもこの一日かけて、相手さんへのフォローはばっちりしとくからな。ジブンは現地でやれることをやったらええ。前に言ったやろ？　俺らで世界を回すんやって】

「……っ」

まるで心臓を素手で摑まれたような気がした。

世界を回す。

俺らで。

目に映る文字が次第に滲んでいき、やがて画面にぽつぽつと滴がこぼれる。

千鳥はぎゅっとスマートフォンを握ってから、拳で自分の両目を擦《こす》った。

いまこのときの自分にとってはなによりのエールだった。

針間だって、ものすごく大変なときなのに。どうして彼は千鳥がなにを欲しがっているのかを、わかって、贈ってくれるのだろう。

「針間さん……ありがとうございます」

自分は本当に至らない、弱い男だ。

針間からつきあってほしいと言われ、心からうれしいのに、それでも千鳥は彼が総務課の渡瀬にアプローチをかけられれば萎縮《いしゅく》する。針間にふさわしいのは自分ではなく、綺麗な女性ではないだろうかと思い悩む。この先も、きっと迷いは尽きないだろう。

だけど……。

やっぱり千鳥はあの男が好きなのだ。恋慕う気持ちもあるが、それと同時に人間として針間が好きだ。

あなたが好きです——これはインドネシア語でどう発音するのだったか？

少し考えて、千鳥はそれを思い出した。アクチンタカム。

気短で、ガッツがあって、少しばかり怒りっぽくて、誰よりやさしい。千鳥はあの男が大好きだった。

＊　＊

千鳥が訪問するゴム農園は空港からかなり遠く、交通の便はよくない。農園まではラビラビと呼ばれる乗り合いトラックか、ベカックという三輪タクシー、あるいは乗用車タクシーに乗っていく方法があるのだが、千鳥は針間に言われたとおりの手段を用いることにする。

ホテルのフロントで呼んでもらった乗用車タクシーの運転手は、よくしゃべる陽気な男で、農園までの道のりをずっとしゃべりどおしだった。

ここには夕刻までいて、またホテルに帰る予定にしているので、運転手にはここで待って

いてもらうように話をつける。おぼえたてのネシア語で大丈夫かと思ったけれど、相手は「サヤムグルティ！」とにこにこしながら了解してくれてほっとした。

「ええと。たしか、迎えが来てくれているはずだけど」

ここら一帯のゴム農園は、個人が経営するちいさなものが寄り集まってできている。それらの農園で収穫されたゴムの樹液を固めたものを、各自が工場に持ちこんで出荷用の生産品として成型する。そこの工場主は英語が話せるので、このたびの交渉の窓口になってくれるということだった。

千鳥がきょろきょろあたりを見回しながら進んでいくと、半袖シャツにコットンパンツの中年男が「スマラットパギ！」とこっちに向かって手を振るのが目に入った。

「アマダ商事のひとですね？　ようこそランプンへ」

これは英語で、千鳥にも聞き取りやすい発音だった。

「スマラットパギ。アマダ商事の千鳥です」

挨拶だけはおなじようにこの地の言葉で交わしてから、千鳥はさっそくここに来た用向きを彼に伝える。

「あのですね。お願いしたいことがあって」

千鳥が農園をひとつずつ巡って、伝えたいことがあるのだと彼に言うと、いささかならず出っ張った腹を撫でつつ相手は愛想よく承知する。

「サヤムグルティ！　じゃあ、これから順に回りましょう」

　矢島が納入品に関してトラブルを起こしたのは、やはり粘度の低さと、異物混入が原因だったと針間が先方から聞いていた。

　今回千鳥の役割はいくつかある。まずは粘度の問題。採取の季節にも粘度は関係してくるから、そのあたりの対策として、工場に粘度計を設置し、規定の数値に達した品だけを送るよう農園主と話をつける。

　それから異物混入の防止策として、樹液を流し固めるときの作業環境をじっくり見て、そこに問題があるようなら正しい方法を教えておく。それに加えて、干して固めたゴムを小屋に置いておくときに、日本から送付するビニールシートをかけるよう頼んでおくこと。

　安定的な良品を得るために現在の作業場環境を監査し、かつ今後の改善を目指していくのが千鳥の訪問の目的なのだ。

　それとともに目下のクレーム対策として、特別に状態のいいゴム原料を指定して和泉化学に送ってもらう必要がある。

　千鳥は家族規模の農園を工場主のバンで回り、難しい言葉は彼の助けを借りながらこちらの提案や依頼を語り、また農園主からの質問や要望にも応じられる限りは応じていった。

「ああチドリさん。いつの間にか、もうこんな時間です。この家で食事をどうかと勧めてますから、昼食を取りがてらここで休憩していてください」

言われて、腕時計に視線を落とせば十二時。工場主は自分はいったん自宅に戻り、またここに来るからと言い残し、バンに乗って去っていった。

「スマラットダタン。マリマリ」

いらっしゃい、どうぞどうぞと庭に置かれたテーブル席を勧められ、千鳥は礼を言ってから、少し傾いた木の椅子に腰かける。いつも庭で食事をしているらしく、その家の主婦であるふっくらした中年女性と、ヒゲが立派な主人と、皺深いが愛嬌《あいきょう》ある顔つきの祖父母と、好奇心いっぱいに千鳥を見つめてくる子供四人と、ヤギと、犬との賑《にぎ》やかな食卓だ。

出された料理は、茹《ゆ》でたビーフンの上に生のキャベツ、もやし、トマトなどの野菜を乗せ、その上から黄色いスープをかけたもの。千鳥が聞けば、この料理は「ミーアヤム」とのことだった。

カレー風味のチキンスープがとても美味しい。ミーアヤムを食べはじめた千鳥の反応を一家で気にしているので「プンガナン」、美味しいですと応じたら、「シラカンマカン」、どうぞ食べろの輪唱になってしまった。

「チョバマカンクエイトゥ」

さらにテンペマニスというピーナッツ入りのカリカリした食感の料理も出され、千鳥は腹がはちきれそうになるくらいこの家のもてなし料理を詰めこんだ。

「もう、これ以上は入らない……」とこれはつい洩れた日本語でのつぶやきだ。

そののち千鳥は丁寧に礼を告げ、彼ら家族と、ヤギと、犬とが総出で見送るなか、食事を済ませてやってきた工場主のバンに乗ってここを離れた。

「どうでした？　出された料理は食べられましたか？　こっちの家庭料理ですし、合わなかったんじゃないですか？」

「いいえ。本当にどれも美味しかったです」

このあたりの人々は親切ですねと千鳥が言うと、工場主は満面の笑みを浮かべた。

「それがここらの人間の最大の取り柄《とえ》です。ただ、おおらかすぎて仕事や約束に無頓着《むとんちゃく》になるのは困りものですが」

ハハハと笑い、飛び出してきた鶏《にわとり》をハンドルを切って避《よ》ける。

「さて。このあたりを全部巡っていくとなると、あと四時間はかかりますよ。半分くらいでやめますか？」

「いいえ、すみません。全部回っておきたいんです」

日本人は勤勉ですねと感心されつつ、千鳥はすべての農園を訪れた。

その後工場に立ち寄ってひと仕事終えてから、待たせていたタクシーに乗ったときには、時刻はすでに午後五時を過ぎている。

時間はかかったが、無事目的は達せられた。後部座席でふたたび運転手のおしゃべりを耳にしながら千鳥はほっとした気分になった。眠りこむほどではないが、ぼんやりしながら車に揺られ、電波の届く市街地に差しかかってからスマートフォンで雑務課に電話をかける。二コール目で出てきたのは都丸で、千鳥が目的完了を伝えると、明るい声で返してくる。

「お疲れさん。無事に終わってよかったな。明日は早朝の便だろう？　帰国は夕方になるんだろうし、課長がメールで報告したら、明日は直帰でいいってさ」

千鳥は了解した旨を伝えてから、いま一番の気がかりを口にする。

「それで、針間さんは？」

「ああ。和泉化学で交渉中。だけどおおむね順調との連絡はもらっているよ。あとは、千鳥ちゃんが手配したサンプル原料次第かな」

それは大丈夫なんだろうねと都丸が念を押す。千鳥は「はい」と自信を持って言いきった。

「大丈夫です」

成型済みのゴム原料のうち、今回の要求にもっとも適合しているものを選び出し、出荷の手配を済ませてきた。そちらは急ぐために航空便の扱いだから、あさってには和泉化学に届くだろう。千鳥がそのことも都丸に伝えると、

「そうか。そりゃ頼もしいねえ。針間にもそう言っとくから、気をつけて帰国して」

「はい。わかりました」

その日はホテルで一泊し、早朝の飛行機で成田まで戻った千鳥は、都丸に言われたとおりメールで無事空港に着いたことと、簡単な出張報告とを綿谷に宛てて送信した。すると、折

り返し電話がかかり、直接綿谷に農園の現状をかいつまんで説明する。

「……それから、ゴムをしまってある小屋の状態から考えますと、ビニールシートはやはり必要だと思いました。雨よけと、原料の縮みをできるだけ防ぐうえでも、なにかの覆いが必須かと」

『なるほどね。それに関して、きみのメールにあった枚数で足りそうかい？』

「はい。当面は大丈夫だと思います」

そのあといくつかのやりとりをして、綿谷は『ところで』と言ってきた。

『矢島くんのことだけど、退職が決まったよ』

「え……⁉」

思わぬことに千鳥は両眉を跳ねあげる。

『今朝《けさ》がた、彼が私のところに辞表を出した。こちらの慰留には応じる気がないそうだ。まあ、本人に実力があるからね。他所《よそ》に行っても充分やれる』

「……そうですか」

千鳥にはそれ以外に言いようがない。矢島の退社は複雑な気分だが、綿谷が言うとおり、彼ほど能力があれば他社でも活躍できるだろう。

『ああそれと、都丸くんから聞いたと思うが、今日は直帰でいいからね。明日また詳しい話を聞かせてもらうよ』

「あの。針間さんは……?」

もしも雑務課にいるのならばと思ったが、いまだ出先にいるとのことだ。できれば針間に会って、メールの返信の礼を彼に告げたかったが、仕事ならばそれは後回しでもかまわない。

「ありがとうございます。では、お言葉に甘えまして、直帰させていただきます」

『お疲れさん』

言われて、千鳥は帰宅の途につくが、なんとなく肩すかしを食らった感じはいなめない。

本当は直接彼の顔を見て、出張先で針間の存在がどれほど自分の支えになったか、また彼からのメールがどんなにありがたかったか伝えたかった。

それに……自分のなかで針間という人間がどのくらい大きいのかも。

そうしたことをつたないながらも自分の言葉で語りたい。

ただ、それをどのタイミングで伝えればいいのだろう。明日すぐにでも? それとも、このプロジェクトが成功して一段落ついてから?

いまは業務の最終局面で、針間も猛烈に忙しいことだろうし、やはりもう少し時間を置いて、自宅に食事に来てもらったときにでもあらためて話せばいい……?

そうした懊悩にすっかり気を取られていたため、千鳥が自宅の前まで戻ってきたときに、周囲のあれこれは目に入っていなかった。玄関ドアのロックを外し、なかに入って後ろ手にドアを閉めようとした瞬間。

「……あれ？」

ドアの動きが阻まれる。なんだろうととっさに振り向き——千鳥はそこで愕然と目を瞠った。

「え……っ」

玄関ドアを摑んでいたのは矢島だった。ひらいた隙間から強引に身体を入れて、部屋の内側に立っていた千鳥のほうに迫ってくる。

「な、なんでここに⁉」

理由はわからない。ただ、矢島の形相がただごとではなく、千鳥は怯《おび》えて後ずさった。

「おまえ、よくもやってくれたな」

「な、なにを……」

「おまえが俺の言うことを聞いていりゃ、こんな羽目にはならなかった。それを綿谷にすり寄って、こっちの仕事をもぎ取ってくれたんだろうが」

「もぎ取ってって……だけど、あれは針間さんが持ちこんできたプロジェクトで」

「それでもだ。おまえに対して綿谷が変に目をかけていたことは気づいてた。サポート役だかなんだか知らんが、おまえ程度の人間は吐いて捨てるほどいるだろうが」

怯えはしたが、千鳥にもいくばくかの負けん気はある。おまえ程度と貶めてくる矢島とあえて口喧嘩する気はないが、なにも自宅でこんなことを聞かされる筋合いはないと思う。

「矢島さん。僕に話したいことがそれだけなら、帰ってください」

「雑務課の連中だって、しょせん落ちこぼれの集団だろうが。なのに、社長が期待しているとか言うもんだから、人事部長はあっさり手を引きやがった。俺が天然ゴム課に異動する話もパアだ」

矢島は目を据わらせて、自分勝手なことばかりしゃべり続ける。

「おまえ、針間だけじゃなく、綿谷にまで色目を使っていたんだな⁉　それで、陰から手を回させて、社長や役員を動かしていたんだろうが！」

「そっ、そんなこと、僕はしません」

こんなのは完全に言いがかりだ。しかし、矢島は聞く耳を持たなかった。

「ごまかすな！　そうでなけりゃ、なんで社長まで雑務課の連中に肩入れするんだ。汚い手でも使っていなきゃ、俺がおまえらに負けるわけがないだろうが！」

勝ち負けの問題ではないと思うが、目が血走っている矢島はそう簡単に説得できそうな状態にない。いったいどうすれば帰ってもらえるかと思った直後、いきなり胸倉を摑まれた。

「もういいさ。俺を正当に評価しないあんな会社はこっちから願い下げだ。俺だったらどこでだってやれるんだ。だが、その前に」

「……っ⁉」

さらにネクタイを引っ張られ、絞めあげられた喉が苦しい。そのうえスラックスの金具に手をかけられて、千鳥はさらに追い詰められた。

「やめてください！」

「うるさい、逆らうな！　おまえにはこうして思い知らせてやる。この俺に逆らったらどうなるかをな！」

「い、嫌だ。離して……っ」

こんな男にどうにかされるのは絶対嫌だ。

その思いから必死にもがいてみたものの、相手は千鳥より力が強い。金具をひらかれ、ズボンをずらされ、ついには床に押し倒された。

「やっ、いや……っ」

矢島は千鳥にのしかかり、下着を引き下ろそうとしている。嫌悪感に肌が粟立《あわだ》ち、相手を押し返したら、ゴツッと頭のすぐ脇に拳が当てられる音がした。

「動くな。今度は本気で殴るぞ！」

殴られるのは嫌だけれど、このまま矢島に犯されるのはもっと嫌だ。夢中で上体を起こしたら、その拍子に自分の額と矢島の顎とがぶつかった。

「グッ……!?」

額を打ちつけた衝撃に目が回ったが、痛みにかまってはいられない。矢島が顎を手で押さえてのけぞっている隙に、必死になって相手の身体の下から這い出す。

このタイミングを外したら、千鳥に逃れるすべはない。

「このっ。行かせるか！」

逃げようとした足を摑まれ、無理やり引きずり戻される。そのまま上から体重をかけられて、千鳥の喉から無意識の叫びが洩れた。

「や、針間さんっ……針間さんっ、助けて……っ」

「クソッ。おまえやっぱりあいつのことを……」

矢島が言いさして、ふいに背後を振り返る。直後にドアがひらくなり、そこから誰かが飛びこんできた。

「は、針間……!?」

「このボケが、どかんかい！」

ふたりの様子を見て取るや、大喝しながら針間が矢島の首根っこをつかまえる。うつぶせにのしかかる体勢から引き剝がし、床に転がるいきおいで矢島の身体を投げ捨てた。

「データをパクって雑務課を飛び出しといて、あかんかったら逆切れか!?」

「逆切れじゃない！　こいつが綿谷に取り入って、汚い手を使うから……」

「うっさいわ！　そんな腐った目ん玉で物事見たら、なんでも歪んで映るんやろが。そもそも買いつけにしくったんは、そっちのやりかたがイケてないだけやないか。千鳥にあれこれ難癖つけんと、おのれのそのねじ曲がった性分から直しさらせ！」

完全に怒っている針間はものすごい迫力で、しかも彼の関西弁は容赦ない。

「針間、貴様……っ」

唸《うな》るように矢島は反駁したものの、針間の舌鋒にひるんでいるのはあきらかだった。

「なにが貴様や」

言って、彼は表情を一変させた。

「なあ矢島？　やるに事欠いて、千島になにしてくれんねん」

針間は背筋が凍るような冷たい目つきで、転がっていた相手の胸倉を摑みあげる。

「ええか。今度千島に指一本触れてみい。どこまでも追っかけて、そのタマ潰したるからな」

これを怒鳴るのではなく、怖いくらいにごく静かな口調で言った。まるで青い炎が燃えているような針間の気迫に、矢島は声も出ない様子だ。

「わかったか？」と念を押されて、狼狽《ろうばい》しきった顔つきで首肯する。

「わかったんなら、今日のところは勘弁したるわ。けど、ええな。千島の前に二度とその汚いツラを見せんやないで」

ネクタイごと摑まれていたワイシャツから手を離されて、矢島は文字どおり這《ほ》う這《ほ》うの体で玄関にまろび出る。針間もドアのところに行って、しばらく外の物音に耳を澄ませていたのちに、施錠を済ませて戻ってきた。

「千鳥。大丈夫か？」

腰が抜けそうになっていた千鳥の脇に膝を突き、こちらを覗きこんでくる。さっきとは打って変わって心配そうな彼の顔。千鳥はいっきに想いがこみあげ、両手で針間にしがみついた。

「針間さん……針間さん……っ」

「すまんかったな。もっと早く来たったらよかったのに」

「いえ……いいえ……ありがとうございます」

針間が来てくれて本当に助かった。そうでなければ、自分はきっと……。

思い出しても怖気が走る。震える千鳥を針間は抱き締め、ちいさな子供をあやす仕草で背中を撫でた。

「矢島が辞表を持ってきたとき、えらい顔つきになっとったと聞いたから、なんか嫌な予感がして千鳥の様子を見に来てん。けど、まさかあいつが逆ギレで襲いに来るとは思わんかったわ」

怖かったなあ、もう大丈夫やと針間がやさしい声でささやく。

「俺がおるから。金輪際、あいつには手ェ出させへん」

背中にある手と、きっぱり語るその調子になだめられ、千鳥はちいさく息をついた。

「はい……落ち着きました。もう、平気です」

そう言ったのに、千鳥は彼の抱擁から抜け出せない。この腕のなかにいると、心からほっとして、さきほどまでの怖さが薄れる。まるでここだけが自分のいるべき場所のように思えてくるのだ。

「ネシアへの出張は強行軍で大変やったろ？　ちゃんと飯は食えたんか？」

針間も腕を離さずに、今度は後頭部を撫でながら聞いてくる。千鳥は「食べました」と小声で返し、彼の胸に額をつけた。

「そっか。そらよかったな」

「針間さん……」

「ん、なんや？」

「針間さん……針間さん……」

「大丈夫や。もう大丈夫」

彼がぎゅっと千鳥の身体を抱き締める。それがすごく気持ちがよくて、ずっとこうしていたくなる。

「こんなに千鳥を怖がらせて……。あいつ、やっぱし逃がさんかったらよかったわ。どつき回して、千鳥の前で土下座させたったらよかったなあ」

自分のことを思いやっての台詞だとわかっているが、そんなことまでは必要ない。針間はちゃんと千鳥を助けてくれたのだし、自分のために誰かを殴ってほしくはなかった。

「いいんです……あの、僕……」

「んん?」

「針間さんが来てくれて……それだけで充分です」

想いをこめて自分からも抱きつくと、針間の身体がちいさく揺れた。

「っ……千鳥」

呻《うめ》くような声とともに、一段と抱擁がきつくなる。それから、彼はゆっくりとその腕を離していった。

「針間さん……?」

「千鳥が無事でなによりやった。ネシアでの成果やなんかはまた明日聞かせてもらうわ」

そうして唐突に彼は腰をあげてしまう。

「ほんなら、また」

そうつぶやいて玄関に向かうから、千鳥は愕然と針間のあとを追いかけた。

「あの……」

引きとめては駄目だろうか? 針間はもう帰りたい?

どう伝えればいいかわからず、それでも彼を帰したくない。

千鳥はとっさに針間の上着の裾を摑んだ。すると、彼は足をとどめて、唸るような声音を洩らす。

「……あかんて、千鳥。その手を離しや」

「でも……」

「いま俺を引きとめたらやばいんや」

「だけど、針間さん」

なにがどうやばくてもかまわない。針間にここにいてほしい。独りにしないで、抱き締めていてほしい。だって、自分は……。

「こ、今度の出張は、すごく緊張したんです。万にひとつも失敗できない。だけど、実際に行ってみて、うまくいかないことが起きたらどうしようって」

針間は無言で頭をかすかに動かした。

「飛行機に乗ってたときも、現地のホテルにいたときも……冷や汗かいて、頭のなかが真っ白で……ほんとに情けないんですけど、半分くらいパニックを起こしてて、あなたにメールを送ったんです」

今度も針間は返答をしなかったが、ちゃんと聞いてくれているのはその雰囲気から感じられる。

「あなたが返信してくれて僕はすごくうれしかった。あなたがいる、独りじゃないと思えることが、僕にとってどんなに心強かったか」

「お互いさまや。感謝はいらんで」

声に色をつけないで、ぼそりと彼がそう返す。

「千鳥が俺に伝えたいんはそれだけか？」

「いえ……あの」

本当の気持ちを彼に語りたいと千鳥は思った。たったいまこのときに。嘘も隠しもない真実を。

「針間さんは僕につきあうかそうでないかの返事を求めていましたよね？　でも僕はいつも鈍くさくて、すぐに決断ができなくて……今度のことも、渡瀬さんと一緒にいるあなたを見たら、どうしても迷いが生まれて、ほんとの気持ちをなかなか打ち明けられずにいました」

「……言っとくけど、渡瀬さんはどうでもいい、ちゅうか関係ないで。千鳥が迷っとったんは、それが原因やったんか？」

振り向かずに針間は言う。千鳥は「はい」と返事しかけて、曖昧《あいまい》に首を振った。

「針間さんはゲイじゃないし……男の僕に嫌気が差したらどうしよう。捨てられたらどうしようって、ぐずぐず踏ん切りがつかなくて」

この台詞をいったん自分の内側で咀嚼《そしやく》するような間があってから、針間は低い響きを落とす。

「まあ……その心境はわかるわな。前の男から痛い目見させられたんや。きつい思いしとったら、痛みの記憶がひるませんのも無理ないし」

それが千鳥のほんまの気持ちかと針間が問う。

「そうですけど、そうじゃないです」と千鳥は言った。

「そんなら、なんや……」

「あなたが好きです」

きっぱりと千鳥は告げた。

「現地のホテルでメールをもらって、僕は本当に針間さんが好きなんだと思ったんです、もうとっくにあなたを好きになっていた。僕はあなたが大好きなこの気持ちから逃げられない。逃げたくない。それがわかって……」

言いかけた唇が塞がれる。深いキス。いままででいちばん深く唇が重なって、眼鏡のフレームが千鳥の顔に当たっている。針間もそれに気づいたのか、少しだけ顔を離して眼鏡を取るとふたたびキスする。

「ん……ぅ……っ」

よく考えたら、矢島のせいでスーツの上着は片袖が脱げかけていた。ネクタイも曲がっていて、スラックスの前立てもひらいたままだ。激しいキスをほどこしながら這い回る針間の指は千鳥の上着を脱がせたあと、片手だけで器用にネクタイをほどいてしまう。

「ふっ、ん……んふぅ……っ」

針間のキスは執拗《しつよう》なほど長かった。口蓋も、横のところのやわらかい粘膜も、歯も、歯茎も舐め取られ、ついには息ができなくなって「ぷはっ」と唇を外したら、もういい加減たまっていた口中の唾液がこぼれる。

「んんっ……」

たらたらっと垂れ落ちる液体を針間はその伸ばした舌で顎から唇まで舐めあげた。

「すご、甘」

ぺろりと自分の唇をひと舐めしてから針間は洩らす。その仕草がちょっと肉食獣みたいで、怖くて、すごくセクシーだった。

「千鳥のキスは甘うて、むっちゃ美味しいなぁ」

色っぽい台詞と、艶めかしい彼のまなざし。そのどちらにも心を摑まれ、返す声があからさまに震えてしまう。

「な、なにを……」

「だって、ほんまやし」

言いながら、彼は親指を口のなかに入れてくる。そうやって少しひらかせ、次には人差し指と中指をも差しこむと、千鳥の舌を指で摘《つ》まんでいたぶってくる。

「なあ、さっき言うたんはほんまやな?」

「……?」

「そんなキョトンとせんでもええやん。俺のことが好きやってほんまやろ?」

「ん……ん……っ」

言葉を求めているくせに、針間は指を離してくれない。やむなく千鳥は視線でそれを訴えた。

針間が好きだ。あなたが好きでしかたがないと。

「困ってんのに、一生懸命に目で伝えてくんのやなあ」

つぶやきながら、愛《いと》しくてならないようなまなざしをよこしてくるから、千鳥の脳が煮えそうになる。

「あ……はぁ……っ」

閉じられない口の端からふたたび唾液が溢れてこぼれる。それを針間は美味しそうに舐め取った。顎にも、首にも、鎖骨のあたりまで舌を這わせ、浮き出ているその骨に歯を当てる。

「んくっ」

カリリと嚙まれ、それから舐められ、次には強く吸いあげられた。たぶん痕《あと》が残るほどに吸われたあとで、今度は逆の手順で舌が這っていく。

「……なんや、もう涙目になっとるんか？」

自分がそうさせたくせに、面白がっているような口調で甘い微笑をつくる。口中にはまだ指があり、文句も紡げない千鳥が嫌々と首を振ったら、針間が口から指を引き抜き「可愛いなあ」と耳孔にささやく。

「可愛すぎて、どうしたろかと思ってくるわ。噛んで、しゃぶって、全部呑みこんでしまいとうなる」

もういっぽうの目蓋にもキスをして、目尻に溜まった滴を吸いあげながら、針間がそんな怖いことを言ってくる。

「そんなふうにされたら嫌か？」

「噛んで……？」

「そうや。……こんなふうに」

針間がワイシャツを千鳥の肩から滑らせて、剝《む》き出しにしたそこに歯を当てる。

「う……うっ」

ぴりりとした痛みが生じ、だけど同時に身体の奥からぞくぞくする感覚が湧いてくる。

「そんで、しゃぶる。……ここと、ここもや」

「は、ぅ……っ」

脱げかけていたシャツのなかに手を入れられて、胸のあたりをまさぐられる。探り当てられた左右の尖《とが》りを順番に摘まれて、千鳥の背筋がわななないた。

「しゃぶってええか？」

そんなことを聞かれても答えられない。なのに、針間は惑っている千鳥の胸に顔を寄せ「はっきり言いぃな」と返事を求める。

「あ……はい」

しかし、この答えでは針間の意には沿わなかったようだった。シャツのボタンを全部外し、前を全開にさせながら、針間は意地悪くうながす。

「はい、やのうて」

「……しゃぶって、くだ、さい」

とたん、左の乳首の上をべろりと舌で舐められる。

「んっ」

一瞬だけくすぐったいと感じたけれど、右の尖りを指先で擦られながら、左のほうを吸いあげられたら、そんなささやかな刺激ではなくなった。

「や……あ、あっ」

膨らみのない平板な胸についたちいさな飾り。舐めてもしゃぶってもたいして面白みはないはずで……なのにどうしてこれほど熱心にしてくるのだろう。

そこがジンジンするほどに吸われて、揉まれ、その刺激に千鳥が知らず腰を振ってしまうくらいに。

「そっ、そこっ」

「うん?」

「つ、つまらなく……ないですか?」

男の胸など物足りなくないだろうか？

そう思ってたずねたら、針間は胸から顔をあげてこちらを見あげる。そのまなざしにあからさまな情欲の光をみとめ、千鳥はこくっと唾を呑んだ。

「そんなわけあらへんやろ。このちっこい乳首はピンク色で可愛いし、俺のしたことでいちいち感じる千鳥はごっつうエロいしな」

「………っ」

指摘されて恥ずかしいいし、同時にひやっとした感覚を腹におぼえる。

自分はそんなにも態度に出していただろうか？

針間にさわられて乱れる男の姿など、見苦しくはなかったろうか？

「なんで口を押さえとるんや？」

「だ、だって」

変な声を針間には聞かせたくない。かつて針間が耳にしていた、女のやわらかな喘ぎ声とは違うのだから。

「ええから手を離しいや」

彼にそううながされれば逆らうことはできなくて、塞いでいた唇から手のひらをわずかに浮かせる。すると、針間はその手を取ってさらに離させ、ぐっと顔を近づけてきた。

「口を塞いでいたいんやったら、俺にそう頼めばええねん」

「え?……ん、んっ」

最後まで言わせずに唇が重なって、頭がくらくらするほどの激しいキスに見舞われた。

「ん……く……ふ、う……っ」

まるで嵐のような男の情熱に翻弄《ほんろう》されて、千鳥は皮膚の内側に電流を通されたようになる。身体をちいさく跳ねさせながら震えていたら、ようやく彼は唇を離してくれて、こちらを間近に見つめながらささやいた。

「なあ千鳥、俺はあの返事をまだもらってへんのやけど」

「……返事?」

まだぼうっとしたままで問い返したら、額にこつんと額を合わせて言ってくる。

「俺を好きやと言うたやろ? だったら、つきあうと俺に言ってみ。克己が好きやからつきあいたいて」

近すぎるから針間の表情はわからない。けれども、彼が真摯《しんし》な想いでいることは伝わってくる。

「ジブンが男やとか、渡瀬さんがどうとかの言いわけはいらへんで。俺が好きなんは千鳥自身や。鈍くさいけど、真面目で、ひとを思いやれる、ものごっつうやさしくて、強い千鳥なんやから」

「僕が……やさしくて、強い……?」

やさしくて、弱いの間違いではないだろうか?

しかし、針間はしっかりとした視線と口調で、千鳥の疑問を払ってしまう。

「強いやろが。千鳥は自分に損があっても、誰かのためになれるやろ? そんなことができるやつを弱いとは言われへん」

そういうとこも好きなんや、と針間はまるで言葉で千鳥を撫でるようにつぶやいてくる。

「……う」

「あ、こら。なんで泣くんや」

だって、強いから好きなんて言われるとは思わなかった。

まして、この男から。

誰より颯爽《さっそう》としていて、まぶしくて、千鳥が心底から憧《あこが》れた針間から。

「こんなふうに言われんのは嫌やったんか?」

気がかりを滲ませて針間がたずねる。千鳥は「いいえ」と首を振り、それからいまは眼鏡を通さず見えている茶色の眸に視線を据えた。

「僕は、あなたが好きだから……克己、さんとつきあいたいです」

さすがに呼び捨てにはできなくておぼつかない口調になったが、心をこめて言いきった。

「千鳥」

針間がわずかに顎を引き、真摯なまなざしを向けてくる。

「俺も好きや。お人好しで、いつでも一生懸命な、可愛い千鳥が大好きや」

そして、キス。今日何度目かもう忘れてしまうくらいだけれど、するたびに針間のキスは千鳥をとろとろにしてしまう。

「ん、う……っ……針間さん……っ」

「ええんやな？　今日は最後まで千鳥をもらうで」

針間の言葉にこのあとなにが起きるかを知る。千鳥は真っ赤になりながら「はい」といったんはうなずいて、それから「あ、違……待って」と口走った。

「待ってってなんで？　ここまで来といておあずけは勘弁やけど」

元来気短な針間が顔をしかめて言う。千鳥は「そうじゃないです」とあせって横に首を振った。

「今朝早くホテルでシャワーを浴びただけで……汗も、かいたし……」

こんなに綺麗な男に触れてもらうのに、せめて清潔にしておきたい。そうでなければ落ち着かないと思ったから頼んだのに、なぜか針間はにやりと笑う。

「そうやな、俺も汗をかいたわ。せやから千鳥……」

ジブンと一緒に風呂に入るわ。

決定事項として宣言されて、そのあと針間は遠慮なく千鳥の服を脱がせはじめる。

「はっ、針間さん⁉」

「んー？」

「ここ玄関で……！」

いまさら気づいたことながら、ふたりはいまだ玄関ドアに近い場所に立っていた。

「別にええやろ。ドアに鍵はかけとるし」

あせって訴えても受け流される。

施錠の有無が問題ではないような気がするが、針間が千鳥のワイシャツをぽいと捨て、ものすごく濃いキスを仕掛けてきたから、すぐに抵抗することなどできなくなった。

11

「は、針間さんっ、もっ、だめ……っ」

「もうちょっと我慢やで」

「でっ、でも……あ、ん、んん……っ」

シャワーの湯に打たれながら、千鳥はぶるっと身を震わせる。もうすでに膝が笑って、立っているのも難しいのだ。

「出したら疲れてしまうやろ」

だったら、もうちょっと加減してくれればいいのに、針間は千鳥を浴室に連れこむと、好き放題に身体をいじった。洗ってやるからと全身を撫でさすり、胸には特にしつこくした。男の乳首などさわるのは今夜が初めての経験だろうに、針間はすぐに要領をおぼえてしまって、千鳥が泣き声を洩らすほど巧みに執拗にこね回すのだ。

——もう、そこ、やっ……ひりひり……痛い……。

——それなら、舐めよか？

ひりひりはするものの、次第にそこは感じてきてむず痒いような感覚が生じていた。こんなふうに感じたことは一度もなく、そもそもかつての恋人は胸などいっさいいじらなかった。

――や、そんな……そんなこと……っ。

――嫌なんか？

――じゃ、ないです、けど……っ……舐められた、ことなんか……。

経験がないのだと洩らしたら、針間の目が輝いた。

――そんなら、千鳥は胸を吸われるのは、俺が最初か？

しっかり念を押したあと、彼はわざわざ言葉にして――は、はいっ……乳首を吸われるのは、針間さんが初めてです……っ――と言わせるまで指でそこをいじり倒した。

――だから、もう……っ……あ、あぅ……っ。

もういいと訴えても針間はちっとも聞いてくれない。

左の尖りを指先で揉み擦られつつ、右は乳首とその周りの皮膚ごと吸って、舐めしゃぶられる。

針間は千鳥の反応をよく見ていて、少しの痛みはあるけれど痛すぎはしない程度でやめるから、刺激とない交ぜになっている快感がどんどん募ってしまうのだ。

「針間さ……そこ、も……そんな、かき交ぜないで……っ」

針間は男の性器をさわるのもためらわなかった。どころか、後ろの部分にも躊躇《ちゅうちょ》なく指を伸ばした。ボディソープのぬるみを借りて、さんざんほぐされてしまったそこは、いまはぬるぬるのべとべとで、男の指を三本も受け容れている。

「そやけど、ここはずいぶん気持ちよさそうやで。……おっと、まだ達《い》ったらあかん」

きゅっとペニスを握りこまれて、到達寸前の身体が震える。

「や、だ……もぅ、立ってられない……っ」

涙声で音をあげたら、指は体内に入れたまま、額にチュッとキスされた。

「そんならちょっと休憩させたる。その代わり——克己、ベッドに連れてって可愛がってて言うんやで」

「う……い、いじめ……」

「ん?」

「いじめないで、ください」

涙目で頼んだのに、針間は堂々と「いじめてへんやん」と返してきた。

「むしろこんなに可愛がっとる」

「ああっ、ん……んっ」

差し入れられている指をぐりっと動かされ、千鳥のいいところを刺激される。とたん、先から少しだけ放ってしまい、必死になってそれ以上達くのをこらえる。

「出、る……っ、出ちゃう……っ」

「我慢やて」

「う、う……っ」

内腿《うちもも》に力を入れてこらえたら、針間がやさしいまなざしで甘いキスを頬にしてきた。

「ほら、千鳥」

シャワーとともに浴びせられる快感にすっかりのぼせあがった頭で、千鳥は男がそそのかした言葉を紡ぐ。

「かつ、克己さん……ベッドに、連れてって……可愛がって……」

「ああ、ええで」

満足そうな声と同時に指を抜かれる。

「ん、ん……っ」

出ていく動作で粘膜を擦られて、思わずちいさな喘ぎが洩れた。

背を反らし、仰向《あおむ》けになった視界には眼鏡を取ってますます綺麗に見える顔と、千鳥を慈しむようなまなざしと。ぼうっとそれに見惚れていたら、ふいに足が床から浮いた。

「わ、っ……」

「脚がぷるぷるしとるやろ？　責任持って、ベッドまで連れてったるわ」

針間は着痩《きや》せする質《たち》か、脱いだらしっかり筋肉がついていた。軽々と千鳥を抱きあげ、浴室を出る。そうして脱衣所でいったん千鳥を下ろしてからタオルでくるみ、自分はざっと身体を拭くと、ふたたび千鳥を抱きあげて寝室まで運んでいった。

「ほい到着、っと」

ゆっくりとベッドに下ろし、くるんできたバスタオルで千鳥の身体を拭いていく。

「自分でできます」と言おうかと思ったが、身体がだるく、どうにも力が入らなくて、針間のされるままになる。

「針間、さん……」

「んん？」

「眼鏡、ないと……見えにくい、です？」

それにしては拭《ぬぐ》う手つきが的確だ。少し不思議に思って聞くと、針間は意外な返事をよこした。

「まあそらな。せやけど、俺は視力は０・７やねん。こんくらいの近さやったら、充分に見えとるし」

「え」

と、いうことは……こうして全裸で髪を拭いてもらっている千鳥の全部が見えている？

「あっ、こら。なにそんな丸まっとん？　縮こまってたら拭きにくいやろ」

「で、でも……見な、見ないでください」

「そんなんもういまさらやろ？　千鳥の隅々までばっちり見たし」

舐めるようなまなざしを注ぎつつ、含み笑いで言ってくる。

「ちっちゃい乳首も、可愛い尻もしっかり拝ませてもらったし……それに、ここも」

「あ、んっ」

いまだ萎《な》える気配のない千鳥のペニスに腕を伸ばして、包んだ手のひらでゆっくり擦る。

「ジブンのは色が綺麗で、敏感で、さわっててもええ感じやな」

拭き残した髪の先からこぼれた滴が、針間の首から肩、そして良質の筋肉が乗っている胸へと伝わり、それを目にした千鳥の心を騒がせる。

「お。なんかここ、ぴくっとしたで」

「だ、だって……」

自分のそれをいじめている男がすごくセクシーだから。そうは言えずに、千鳥は目を泳がせた。

「だって、なんや?」

「う……その。は……針間さんは、ほんとは……んっ、ゲイ、だったんですか?」

先端を指先でぐりぐりされると、こらえきれない快感がこみあげてくる。身をよじらせて聞いてみたら、針間はひょいと眉をあげた。

「ゲイやないと、この状態では言われへんけど、ジブンのほかに男としたことはなかったなあ」

　なんでそんなこと聞くねんとたずねられる。

「その……」

「ほら、なんて?」

　千鳥が返事に詰まったら、針間が意地悪くペニスのくびれをいじってくる。

「は……針間さんが、すごく……慣れてる、みたい、だから……っ」

　また達きたくてしかたがなくなっていた。千鳥がもじもじ腰を揺らしてそう言えば、針間は「そっか?」と苦笑した。

「ジブンのほうは慣れてへんみたいやなあ。なにをやってもあせるし、むっちゃ恥ずかしがるし。……こんなときに前のことを聞きたがるのは最低かもしらへんけど、実際どのへんまでヤッた、ちゅうか、ヤられたんや?」

　そんなことをたずねられても困ってしまう。視線を宙に浮かせて口をつぐんでいたら、針間のまなざしに圧が生じた。

「胸はいじられてへんかったよな?　ここは?　どんなふうやった?」

「あっあう、や……っ」

　軸を摑んで扱《しご》かれると、我慢できずに達ってしまう。

「あ、やっ……やめて……っ……」

「そんなら、言わんと」

「……あ……こんなに、ずっと……いじられて、ない……っ」

前の相手とラブホテルに入ったこともたまにはあったが、流れ作業のひとつかのようにして擦られて出しただけだ。

「せやったら、ここのとこは？」

「あっあっ、あ……っ」

「ほら言いぃな。ほんとのとこはどうやった？」

後ろに指を入れられて、くちゅくちゅとかき混ぜられる。その音が恥ずかしいし、それでも身体は感じるしで、千鳥は半泣きで「駄目」と洩らした。

「……あ……やだ……そんなとこ、指で、ぐちゅぐちゅされて、ない……っ」

「ほんまか、千鳥」

「ん……んっ、最初に、駄目で……痛がらせるのは、可哀相《かわいそう》、って……」

「せやけど、ちっとも痛がってへんやないか」

それは、だって、針間がものすごく気をつけてそこをほぐしてくれたから。千鳥の反応を敏感に察しながら、丁寧かつ熱心にそこをひらいていったから。

「ちゅうことは、ここに入れられたこともないんか？」

なにをと聞くまでもなく、つまり男のものを、ということだろう。

元々以前の彼氏は、男もいけるが女のほうが好きな人種だったようだ。つきあっていたときは前は前と思ったが、性的な交渉はさほど熱心ではなかった気がする。

「なあ千鳥。どうなんや？」

それとは真逆で、ものすごく熱心にいやらしいことばかりしてくる男は、千鳥が前カレに挿入されたかどうかが気になってならないらしい。

あげく「言うまでずっとこのままやで」と脅してくるから、やむなく千鳥は「ないです……」と消え入るような声音を出した。

「そっか。そんなら俺がものごっつう悦《よ》くしたるわな」

喜色を浮かべる針間の目が据わっている。

いや、そんなにはいりませんと叫ぼうと思ったが、そのあとまもなく動きはじめた針間の指が千鳥から喘ぎ声以外のものを出させなかった。

「あ、ん……ううっ……ん、う……っ」

もうどうなっているのかがわからない。胸をついばまれ、前を擦られ、後ろにも指がある。次々に押し寄せる快感のうねりが怖くて、知らず針間にすがったら、今度は唇に濃厚なキスをされた。

「んっふっ……う、ふぅっ……」

口の周りがべたべたになりながら荒い息を吐いていれば、針間が唇を少し離して視線を合わせる。

「ええか、千鳥？」

なにがいいかもわからずに、甘くて怖い男の眸を見つめてうなずく。すると、針間は千鳥の腿を摑んでひらかせ、ゆっくり身体を進めてきた。

「……あ……あっ……ぅああ……っ」

針間のそれは大きくて、指とはくらべものにならない。ぐっと圧力をかけられて相当に苦しいけれど、彼の指で慣らされた千鳥の内部はどうにか男を呑みこんでいく。

「きっつ……。千鳥、もうちょっと緩めてえや」

しかし、途中でつっかえる。針間からそう言われても、どうしていいかわからない。汗の浮いた顔を歪ませて首を振ると、針間が千鳥の性器を握って擦りはじめた。

「あっ、や……っ、んん……っ」

「そうや。ええ感じ」

前に意識が向いたぶんだけ緊張がほどけたのか、針間がさらに前進してくる。それにつれてくぷりくぷりと濡れた内奥がひらいていって、男の充溢《じゅういつ》を受け容れる。

背を反らせ、正面から男の欲望を受けとめるのは苦しいけれど、それでも千鳥はうれしかった。

「は……針間さん……っ」

こんなにも自分が満たされたことはない。針間に求められ、千鳥が与えることができる。

それが身体と心の悦びに繋がっていく。

「き、気持ち、いいっ……」

針間に出会えてよかった。このひとを好きになってほんとによかった。こうして彼とひとつになれて、本当にそう思う。

「千鳥、可愛い……可愛いな」

うわ言じみた声を洩らし、針間が千鳥の両頬と唇とにキスしてくる。彼もまた滴るほどの汗をかき、眸には狂おしいような光があった。

「ひ、あっ………針間さん……好き……っ」

ぐっと奥に入りこまれ、短い叫びをあげたあとでそう洩らす。針間は返事をする代わりに、涙の浮いた千鳥の眦をぺろりと舐め、うなじに痕がつくほどの口づけを落としてきた。

「千鳥は俺のや。それでええな?」

「ん、んっ、は……はいっ……」

「ほかの誰にもこんなことはさせへんな?」

「させな……させない……っ、あっ、あっあ……んっ」

ゆっくり出入りしていたそれが、徐々に速度を増していく。大きく引かれ、また押しこまれ、千鳥の口から淫蕩《いんとう》な叫びが洩れた。

「こら千鳥。あんましやらしい声出さんとって。俺がもたんようになるやろ……っ」

「だっ、て……っ……針間さ……激し……あっやっ、んんっ……」

脚を広げ、腰を浮かせて、針間の欲望を奥の奥まで受け容れる。

突かれるたびに濡れた肉のぶつかる音がし、男に抉《えぐ》られる柔襞《やわひだ》は快感と悦びとを千鳥に伝えた。

「あっ、もっ、もぅっ、達くぅ……っ」

「達きそうか？　気持ちええか？」

「ん、はっ……はい……あ……っ、針間、さんっ」

「んん？」

「針間さ……も、気持ち、あっ、い、いで、すか……っ？」

そうだといいがと、霞《かす》む目で見あげると、針間は熱の交じる調子で「俺もええわ」と言ってくれた。

「こんなん初めてや。千鳥が可愛くて、欲しゅうて、壊しそうになる」

壊してええかと凄《すご》みのある目でたずねられ、背筋をぞくぞくさせながらうなずいた。

「いい……針間さん……っ、好き、だから……っ」

どんなことをしてもいい。千鳥がそれをまなざしで伝えたら、針間が唇だけで笑った。

「千鳥はほんまにええ子やけど……そんなことを言うたらあかんわ」

つぶやいて、千鳥の両手を自分の背中に回させる。

「ブレーキが利かんようになるやろが」

「えっ、あっ、あっ、う、ひぁ……っ」

大きく激しく揺さぶられ、千鳥は夢中で針間の背中にしがみついた。汗で手が滑り、無意識に爪を立てて男にすがり、悲鳴をあげて、快楽の渦に呑まれて溶けていく。

「針間さん……好き、好きっ……も、おかしく、なる……っ」

そんなことを言ったのかもしれないし、心のなかだけで叫んでいたのかもしれない。その間中、針間は自分より細くやわらかな肉体を貪《むさぼ》っていて、内襞をこそげ取るいきおいで男の剛直を出し入れし、気の遠くなるような快楽を千鳥に与えた。

「あ、で……出、るぅ……っ」

「俺もや、千鳥っ」

一緒に達こ、と針間に言われ、ひときわ大きく突きあげられる。

「ひ、あ、あああっ……――！」

「ん、……っ」

千鳥が痙攣《けいれん》したように背筋を跳ねさせ、針間がぶるっと身体を震わす。直後に身体の内側に熱いものが広がったのを感じたけれど、それもすぐ放埒《ほうらつ》の快感に紛れてしまった。

「あ……針間、さん……っ……」

「違う、克己や」

言い直しを命じられて、千鳥は素直に復唱する。もうなにごとも考えることはできず、いまだに快感の泡粒が身体のあちこちで弾けている。

「……克己さん……?」

「そうや、千鳥……俺の千鳥」

意識がすでにぼやけていたが、彼のつぶやくその言葉はとてもうれしいものだと感じる。

「好き……」

そうこぼした唇が、なにか温かい感触に塞がれて——そのあと千鳥はなにも見えず、聞こえなくなってしまった。

* *

目が覚めたとき、寝呆《ねぼ》けた気配のまったくないクールな顔立ちが間近にあった。

「ひゃ、はぅ……っ⁉」

反射的に驚いて変な声を洩らしたら、相手はぷっと噴き出した。

「そんなに驚くことないやろが。俺と寝たことおぼえてへんのか?」

「そっ、それは……おぼえています」

それはよかったと、向き合って寝転んだ姿勢から針間が言った。

「ころっと忘れられとったら落ちこむし」

機嫌よさそうに微笑しながら、針間が手を伸ばしてくる。

「ちょっと唇腫《は》らしてもうたな。このあと会社がなかったらええんやけど……しゃあない、キスは軽いやつな」

言って、唇についばむような口づけを落としてくる。

何度もただ触れ合うだけのキスはくすぐったく、照れてしまうが、そのうち千鳥の尻のあたりで不穏な動きがしはじめた。

「ちょ、ちょちょ……ひょえっ……は、針間さん……っ⁉」

「んー？」

「な、なにしてっ」

「あのあとちゃんとかき出しといたはずなんやけど、確認しとこかと思うてな」

「かっ、かきっ……や、はぅ……っ」

くちゅ、と指が入りこみ、内部を探る動きをする。指はおそらく一本で、あからさまにいやらしい感じではなかったが、それでも千鳥はあせってしまう。

「あっ、抜い、抜いて、くださ……っ」

「んん、そうやなあ……まあとりあえず大丈夫みたいやな。こっちもちょっと腫れとんのはしゃあないか」

布団のなかであらためて顔を合わせて、冷静にそう告げられると恥ずかしさで死ねる気がする。真っ赤な顔で口をぱくぱくさせていれば、針間はもう一度ちいさく噴き出し、「おもろい顔」と頰を摘まんだ。

「せやけど、可愛い」

つぶやきながら、針間はまた千鳥のなかで指を動かす。今度の仕草は先程とはまた違って、いったんは治まっていた快感を引き出すようなものだった。

「ん、んんっ」

「そんな声出して。……千鳥はまだ足りんかったか？」

とんでもないと千鳥はぶんぶん頭を振った。

お互いに一回しか出さなかったが、そこに至るまでものすごく濃くてエッチなことをされた。足りないどころか、千鳥としては何年分もになったはず……なのに、こうして自分のなかに針間の指を感じていると、早くもおかしな気分が兆してきそうだった。

「は、針間さん……も、駄目、です……っ」

「なんや、もう勃《た》ったんか？」

お互い裸で布団のなかで、身体の変化はあっという間に悟られる。

「じつは俺もや」と千鳥は手を取られ、針間のその箇所に当てさせられた。

「こんなんやったら、寝られへんな？　ベッドから出んとあかんときまでは……」

そこで針間が枕元に置いていたスマートフォンをちらと眺めて、

「あと三時間ほどあるんやし、もういっぺんやっとこか？」

「も……もういっぺん？」

言われたことと、握らされた針間のそれとが、千鳥の血圧を奔騰《ほんとう》させる。のけぞったら、それを許さず、針間の回した長い腕が千鳥の細腰を引き寄せた。

「千鳥は嫌か？　出張帰りで疲れとるか？」

譲ってくれそうな台詞ではあるが、針間の視線はそれとは真逆だ。

欲しくてたまらないものかのように見つめられ、千鳥はつかの間迷ったのちに陥落した。

「つ、疲れていません」

平気です、とつぶやくと、針間の顔にうれしそうな綺麗な笑みが浮かぶから、ついそれに見惚れてしまう。

「こ……これを擦ればいいですか？」

針間がよろこんでくれるなら、下手なりに頑張ろうと千鳥は思う。おずおずとそれに指を絡めたら「そうやな」と言ってくれて、千鳥がおっかなびっくりでそれを扱きはじめたときだ。

「そんなら俺も、しっかりじっくり擦ったるわな」

言って、針間が千鳥の股間に手を伸ばす。

「え、いえ、あの……あ、ひゃぅ……っ、や……っ」

言葉どおり熱心にいじられて、針間のそれをいじるどころではなくなった。男の手のなかにある千鳥の軸はゆうべの行為の名残《なごり》なのか、すでに赤く敏感になっている。

「は、針間さん……あ、ふぁっ、あっ、あ」

刺激が強すぎて、知らず頬を歪めたのか、針間が「痛いんか？」と聞いてきて「いえ、少しも」と強がりで応じたら。

「せやけど、ちょい痛そうや。扱くよりも舐めるほうがええかもな」

針間はふむとうなずくと、下のほうに身をずらし、その部分をぱくりと咥《くわ》えた。

「や、そんなっ。……だ、駄目え……っ」

大股をひらかされる体勢がすでに相当恥ずかしいのに、千鳥はまだ事のあとでシャワーを浴びていなかった。なのに、一度は放埒を迎えたそこを遠慮なく舐めしゃぶられて、千鳥は動転して身悶《みもだ》える。

「そこ、そんなっ……吸わないで……っ」

本気で針間にお願いしたのに、彼はわずかに顔をあげ、情欲が翳《かげ》らせる眸をこちらに向けて言う。

「あかんて、千鳥。逆効果や」

「あっ、でも……でもっ」

「そんなえっちいことを言うたら、加減ができんくなるやろが」

そんなつもりはなかったと告げることはできなかった。針間がふたたび千鳥のペニスに口での愛撫《あいぶ》を仕掛けてきて、しかも後孔《こうこう》にも指を挿《さ》しこんできたからだ。

「あっ、あっ、ひゃあ……んっ……ん、んぅっ」

これがゆうべまで同性とは経験のない男のすることなのだろうか？　ものすごく丁寧で、しつこいくらいに熱心で、千鳥はもうずっと長いあいだいいように喘がされ、翻弄されっぱなしのままだ。

「や、やっ、出るぅ……あ、んっ、また、出るっ」

「そうやな。ジブン、腰がやらしく動いとるわ」

やらしいのは針間のほうだと思うのに、千鳥の内壁を擦りあげ、先走りを垂らしている軸を扱く男の仕草に、文句すら紡げない。

いまはもう針間の指は三本も入りこみ、ゆうべの名残でふっくらとやわらかくなっている襞のあちこちを撫でたり押したりと、好きなように蠢《うごめ》いている。

「なあ、千鳥。ここ好きか？」

「んっ、ん……っ、あ、はい……っ、好きっ」

うながされるまま、ほとんど無意識に男に応じる。このとき千鳥の射精感は限界近くなっていて、内奥のとある箇所を擦られると、内股が勝手にぶるぶる震えてしまう。

「そんならもっとでっかいやつで擦られたらもっとええよな？」

「あ……で、でっかい……？」

ただでさえ普段から鈍いのに、いまは快感に思考力が打ち消され、針間がなにを言わせたいのかわからない。ぼうっとしたまま反復したら、相手は「そうや」とうなずいた。

「俺にそうしてほしかったら、ちゃんと言葉でお願いしてみ」

「んあ、あ……っ、な、なにを……ですか……っ？」

すると針間が身を起こし、指だけはそのままにして、千鳥の耳元にささやいてくる。その意味も充分に理解してはいないのに、千鳥は男が言わせたい言葉を発した。

「克己さんの……でっかいの……僕の、お尻に、入れてください……っ」

とたん、針間は「う」と刹那《せつな》に息を呑む。それから千鳥の太腿をそれぞれ摑むと、さらに大きくひらかせた。

「あかんわ、千鳥。破壊的や。もろに食らった」

「え……なに……あ、ああっ、あ……っ」

ずるりと大きくて硬いものが入りこみ、それからちょっと引かれたと感じた直後、ずんと奥まで衝撃が来た。

「ひ、ああんっ」

「頼むわ、千鳥。今日は会社があんねんで。あんまり無茶させせんといてや」

奥の奥まで突き入れられて、千鳥はもう喘ぎ声しか出ないのに、まるでこちらが唆《そその》かしているかのように言ってくる。

突いて、引かれて。また押しこまれて、その位置でアレをぐりぐり回されて。

千鳥は間断なく上下するコースターに乗せられているかのような快感に翻弄される。

「すごいわ、ほんまに。めっちゃ、ええわ」

千鳥の柔襞を蹂躙《じゅうりん》している針間のほうも、かなり理性が飛んでいるのか、感嘆交じりの台詞しか出てこないようだった。

「克己さ……んっ、ん、あぅ、あっ、も……だ……っ」

千鳥のほうはすでに意識が朦朧《もうろう》としたままに、自分の内部を押し拡《ひろ》げ、これまで感じたことのない領域へと連れていく男の強大な欲望にただ揺すぶられているだけだ。

「千鳥……なんや、これ……マジでやばいわ。やめられへんわ」

「はう、ひあ……っ、あっあっあぁ……っ、克己さん……すご……あああっ」

ぐちゃぐちゃのとろとろで。男に自身を全部あげて、これ以上は無理というほどに与えられ。

結局千鳥はもう一度意識が飛んでしまうまで、畳んで、伸ばされ、丸められ、針間からのありったけの愛情を全身に浴びせられた。

＊　＊

千鳥がインドネシアへの出張から戻ってきて、二カ月後。

最初に針間が持ちこんだ和泉化学の件については、すでに先方は本格的な生産に移行しており、製品も順調な仕上がりを見せている。

その後、針間が営業で取ってきたシンガポール産ラテックスの買いつけも、現段階で成功を収めていた。来月からはまた新プロジェクトが立ちあがることになり、雑務課の面々は毎日が忙しい。

「なあ千鳥。あいつはあれから千鳥にちょっかい出してへんな?」

アマダ商事の廊下を行きつつ針間がたずねる。

「あいつって?」

言ってから、千鳥はそれが誰なのか理解した。

「ありませんし、もうないと思います」

「そらまあ俺かてあいつの消息は聞いてるけどな」

矢島はあれからまもなくして別の商社に入り直した。このことは都丸から聞いていて、彼はその会社でばりばりやっているそうだ。

だから、もはや千鳥個人や雑務課への嫌がらせはしないだろうし、かつてはグルだった人事部長も最近はめっきりおとなしくしているようだ。

「僕はむしろ、このあとのプレゼンが気になりますけど……」

今日はこれから上階の会議室で、社員を集めてプレゼンテーションの予定がある。

その要請をかけてきたのは化成品事業部で、今回の取引相手が素材の一部にゴム原料を使用するところから、雑務化に協力を求めてきたのだ。

それを受けて、まずは針間がプレゼン形式で社内の人間にゴム原料のレクチャーをする。

その運びのなか、千鳥がこうして彼と一緒に出向いているのは、現地での状況や買いつけの説明をするサポート役としてだった。

「針間さんの手助けができるように頑張りますね」

「ああ頼むわな。今日は打ち合わせだけやけど、協力が長期にわたるようやったら、綿谷さんが化成品事業部長を通して人事部にも話をしといてくれるそうや」

それに、と針間はにやにやする。

「ジブンの前の先輩があっちにはいてんのやろ。一発カマしとくええ機会やな」

「え。僕はそんな……」

「わかっとる。こっちから喧嘩なんかせえへんし。ただ、そうは言うても火の粉がかかってきたときは払わんとあかんしなあ」

ひと波乱ありそうな予感をおぼえる千鳥の前で、針間は陽気に笑ってみせる。

「まあ今日は顔合わせだけやからな。あっちが嚙みついてけえへんかったら、穏便に済ませたるわ」

「お、お手やわらかにお願いします……」

頼りになるが、怒らせると非常に怖いこの先輩はやる気満々でいるらしい。どうなることかと思う反面、しかし千鳥にもわかっていることがある。

針間は相変わらず好戦的な部分があるが、無闇とトラブルを起こすことはしないだろう。

自分のほうもいまだ緊張はするものの、びくびくしっぱなしの昔とは違っていた。

廊下を進む歩みを止めて、千鳥は大きく呼吸する。

うん。大丈夫。今日もちゃんと頑張れる。

いままでより、いまから。その気持ちで務められる。

廊下の少し先のほうから、自分の大事な男がこちらを手招きする。

「ほら、急ぎいや。あちらさんが待ってるで」

「はい。針間さん」

少しずつ、できることから積みあげていく。

今日も、明日も、あさっても。

「資料、忘れてへんやろな」

「あ、大丈夫です。ここにあります」

千鳥を愛し、信頼してくれ、自分もまたおなじものを返したい針間と一緒に。

そんなん惚れてまうやろが!

針間《はりま》は自分を恋愛向きの人間と思ったことは一度もない。

いままではとりあえず来る者拒まずでいたけれど、社会人になってからは仕事が猛烈に忙しく、女とのあれこれはいつしかおざなりになっていた。

正直言えば、面倒くさい。また、恋にかける手間暇が惜しくないほど熱中できる相手には出会わなかった。

かといって、あえて運命の相手を探す気にもならないし、このまま独り身を謳歌《おうか》してもいいかなと考えていたのだが。

「針間さん。次はなにを買いましょうか?」

そう聞いてくる相手は男で、その声音はやわらかく、身に纏《まと》う雰囲気もゆるやかでふんわりしている。針間を見あげる小顔の彼は歳《とし》よりも若々しく、商社マンというよりも、むしろ大学生かの印象だ。ぱっちりした黒い眸《ひとみ》。ふっくらしたピンクの唇。こちらに向けてくるまなざしには無意識の信頼が含まれていて、それに気づけば胸のなかが温かくなる。

「そやなあ。ほとんど買《こ》うたと思うけど。タコやろ。小麦粉やろ。卵やろ」

針間がスーパーのカゴに視線を落として言うと、彼も生真面目《きまじめ》な顔をして一緒に食材を数えてくる。

「あとネギと。ショウガに、ソースも買いました」

「ほんならもうええ……ことないわ。肝心の青のりがまだやった」

「あっ。ほんとです」

そう言って、あわてて向きを変えるから、彼は通路のワゴンにぶつかり、向《む》こう脛《ずね》をぶつけてしまう。

「ふぎゃっ」

「こら、なにやっとる。そないにあわてることあらへんやろ」

うずくまる相手のほうを呆《あき》れ半分、心配半分で覗《のぞ》きこむと、ちょっとばかり涙目になりながら「すみません」とあやまってくる。その肩に手をかけて助け起こしてやってから、

「千鳥《ちどり》はそそっかしいんやなあ。ほんなら、俺が手ぇ繋《つな》いでやっとこか？」

にやっとして腕を伸ばすと、赤くなってあせる姿が面白いし可愛《かわい》らしい。

時はクリスマス直前の日曜日。買い物客でごった返すショッピングセンター内で、頰《ほお》を緩ませる針間のことを、もしも会社の人間が見ていたら、たぶんびっくりしたかもしれない。

自分でも、こんなに甘い気分になるのは初めての経験だった。

しみじみと相手のことが愛《いと》しくて、大事にしてやりたいと思うような。こうした心情は自分でも意外なのだが、反面当然かと考える部分もある。

千鳥は針間に多くのことを望まない。一緒にいるだけで満足なのか、休日はこうして食料

品の買い出しに出かけてきて、それで充分楽しそうだ。

普通の生活を丁寧に過ごす千鳥。なんでもないやりとりを、いつも誠実に、うれしそうに交わす千鳥。

そして針間はそんな彼を見ているのが楽しくてたまらない。早く千鳥の部屋に戻ってふたりきりになりたいなどと、これまでの自分にはない浮いた気分になったとき。

「ん、どしたんや？」

横を歩く千鳥が突然歩みを止めた。見れば、彼のダッフルコートを子供が握って引きとめている。

「えっと……。ボク、どうしたの？」

千鳥が身を屈《かが》め、五歳くらいの男児にやわらかく笑いかける。すると、半泣きの様子から一転してほっとした顔になり、まもなくその子が訴えたのは、針間の予想したとおり親とはぐれたということだ。

「大丈夫。すぐに見つけてあげるから。お母さんを呼び出してもらえるところに行ってみようね」

それから、あらためて針間を見やり「あの……」と申し訳なさそうな視線をよこす。

「ええて。慣れたわ」

休日一緒に出かけると、千鳥はかなりの確率で困っている人間を引き寄せる。ほぼ毎回道をたずねられるのは、よほど彼から善《い》いひとオーラが発散されているからだろう。

「ほら坊主、こっち来てみ。肩車しといたるわ」

千鳥に買い物カゴを渡し、子供をひょいと抱きあげて、肩に乗せる。

「ちいさくても男やねんから、泣いたらあかんで。そこでおかんがおらへんか探しとき」

そう言って、サービスコーナーへと向かってまもなく。

「あっ、おかーさん。おかーさぁんっ」

針間の頭上で子供が叫ぶ。その声に気づいたのか、母親らしき若い女が駆け寄ってきた。

「すみません。ちょっと目を離した隙《すき》に……。本当にありがとうございました」

恐縮して礼を言う母親に子供を渡すと、すっかり元気を取り戻したその子が「テレビのお兄ちゃん、ありがとー」と別れ際に手を振った。

「テレビのお兄ちゃん？」

親子が去ったあと、意味がわからず首をひねると、千鳥が横から教えてくれる。

「俳優かなにかかと思ったんじゃないでしょうか。針間さんは、その、すごく格好いいひとですから」

ファーつきのショートジャケットに、黒いジーンズを身に着けた針間を眺めて告げてくるが、こちらとしてはそれよりも彼の様子にいつもと違うなにかを感じた。

「千鳥？」

「はい。なんでしょう？」

あからさまに態度には出していないが、千鳥のことに敏感な針間にはなんとなく察せられる。彼はいま、しょんぼりした気分でいるのではないだろうか？

「この頭ん中で、いまなにを考えとんのか言うてみ」

ちいさな頭を上から摑《つか》むと、困ったふうにかすかに笑う。

「針間さんは鋭いですよね。だけど、ほんとにたいしたことじゃ……」

「千鳥」

今度は少し強めの語調で叱《しか》るように言ってやると、しばしのあいだためらってから白状する。

「針間さんは子供好きなのかなあって……それで、ちょっと」

馬鹿ですよね、と寂しそうに微笑するから、腹のなかにもやもやしたものがわだかまる。

自分が千鳥を好きと言うだけでは足りないか？　不安にさせてしまっているのか？

こちらはこんなにも彼といて、心が満たされているというのに。

ならばと、千鳥が完全に安心できる言葉を探すが、結局そんな都合のいい台詞《せりふ》はなくて、針間は思いつくままに自分の想《おも》いを口にする。

「昔、近所に飼われとった犬がおってん。柴の賢いやつやったけど、引っ越しのとき置いてかれた。そんで、ウチのおかんが可哀相《かわいそう》やて引き取ったんや」

唐突に話題が変わって、千鳥が睫毛《まつげ》を上下させる。かまわず針間は話を続けた。

「そいつはすぐに新しい家にも慣れて、ウチの家族にもなついてた。せやけど、夕方には門の向こうをじっと見るんや。前の家族がもしや帰ってきいひんかって、毎日日が暮れるまで」

「それで……その犬はどうなりました？」

犬のことが気がかりで、このとき千鳥は自分の気持ちを後回しにしているようだ。針間を見あげる大きな眸を見返しながら、静かな調子で彼に言う。

「ウチの家族が持ち回りで、夕方から日暮れまでずっと犬につきおうたった。そしたらそのうち門やのうて、ウチの家族を見るようになったんや。甘えて、じゃれて、可愛かったわ」

「そうですか……」

ほっとため息をついたあと、なんとなくといったふうに視線を下げる。うつむいた頭にふたたび手を乗せて、針間は次の言葉を紡いだ。

「千鳥もそうなったらええやんか。ウチの家族に甘えて、なついて」

「僕が……？」

「せや。俺が千鳥の家族になったる。そんで、ふたりがジジジになってまうまで一緒におろな」

いまはそんくらいの約束しかできへんけど。針間が言うと、千鳥の身体がちいさく震えた。

それからややあって、面をあげると、濡《ぬ》れた眸を向けて問う。

「針間さんは……どうして僕にそんなによくしてくれるんですか？」

「せやなあ」

考えても、これが絶対の正解というのはない。やむなく、針間はもっとも近いと思われる気持ちを明かした。

「千鳥はええ子やし、理由はいろいろとあるんやけど、まあいちばんは自分のなかの大事なとこで声がするんや」

ひと呼吸置いてから、針間は告げる。

「千鳥の普通の毎日を見とったら——そんなん惚《ほ》れてまうやろが、って」

「僕の、普通の毎日を……」

それきり千鳥は絶句した。

自分の言葉に泣いている恋人がいじらしくて、可哀相で、針間の内部から凶暴なくらいの愛しさがこみあげる。

「ほら、返事。俺の家族になるんやな？　あらかじめ言うとくけど、すみませんはちゃうんやで」

「う……はい……針間さん、ありがとうございます」

「よっしゃ。そんなら、ちゃっちゃと買いもん済ませて家に帰ろ。……ほんで、千鳥をしっ

「かり可愛がったるわ」

最後の台詞は耳元で。すると千鳥は瞬く間に真っ赤になって、泣くとも笑うともつかないような声をこぼした。

「はり……針間、さん……っ」

「ん？　なんや？」

「そんなにっ……突いたら、駄目……っ、ですっ」

「せやけどここはびしょびしょになっとるで」

ほら、と軸の先端を指ではじくと「ひ」と小刻みに内腿《うちもも》を震わせる。

帰宅後即千鳥をベッドに押し倒しての交わりは、すでに二回目に入っている。彼の細くて白い身体《からだ》は、激しい愛撫《あいぶ》にあちこちを赤く尖《とが》らせ、濡れたペニスの先からはだらだらと愛液を洩《も》らしていた。

「正直に、気持ちいいって言うてみ？　俺のでなかをぐりぐりされたら気持ちいいって」

うながしてから、針間はおのれを根元までおさめると、ぎっしりと詰まった内部をそのままに円を描くように拡《ひろ》げてやる。もういい加減極まっているときにこうされると、千鳥はたいてい理性が完全に飛んでしまって、いつもの慎《つつし》み深さからは想像もできないくらいに淫蕩《いんとう》な面を見せる。

「あ……んっ、ん……っ。針間さ……気持ち、いい……っ」

もっとして、と眸を霞《かす》ませてねだってくる千鳥の顔の色っぽさ。

「あ。針間さん……も、そんな……っ、大きく、しないでっ」

「なんでや、嫌か?」

「ちが……よすぎて、欲しいのが……とめられなくなるっ……」

「なんぼでも欲しがったらええやんか」

いくらでもつきあったる。そう言って、これ以上はないくらいに深く激しく千鳥の柔襞《やわひだ》を擦《こす》りあげる。

「あっ、克己《かつみ》さんっ……すごく、い、いい……っ」

針間の名前が出るあたり、千鳥はもう快楽に流されて没我の域に入っている。

どこもかしこもとろとろに溶けてしまって、大きく硬い男の性器で突き刺して、かき回してほしいのだと、言葉ではなく願ってくる。

せわしなく喘《あえ》ぐ息。すがりつくように背に回された繊《ほそ》い指。そして、やんわりと男のそれに絡みつき、ときにはきつく絞ってくる淫靡《いんび》な肉襞。

ほかの誰でもない彼こそが針間をどこまでも誘って取りこみ、行為をより激しいものにしているのだ。

「いい……克己さん……っ、あ、んっ……好きっ、あ、好き……っ」

「ん、悠《はる》っ、俺も、好きやっ」

ひと突きごとに深まる愉悦。極上の快楽をくれる彼にのめりこみ、気持ちと身体とがぴったり嚙《か》み合う最高のセックスをする。

「克己さんっ好きっ、あっ、もっと……っ」

千鳥が欲しがれば何度でも。

ごく普通の、けれども得がたい日々をともに紡ぐ恋人と、針間はふたりで分かち合う快感に溺《おぼ》れていった。

あとがき

こんにちは。はじめまして。今城けいです。このたびは拙作をお手に取ってくださり、ありがとうございました。

今回は久々のリーマンもの。かつ、関西弁メガネ攻が登場します。私も現在関西に住んでおり、関西弁にもそこそこには詳しいわけで、京都、大阪、神戸の言葉の違いはもちろん、大阪弁なら山の手系から船場言葉、河内、泉州などの地域独特の言い回しも理解しておりました（大阪で仕事をしていたときは。いまはかなり忘れましたが）。

ただ、今回針間の言葉に選んだのは、大阪府下にある特定の地域からではなく、それらを取捨選択しての混合体にしてみました。ですので、あえて言うならば猛虎弁かもしれません。

そして、猛虎繋がりで思い出したことですが、作中にあります某球団のシマシマパジャマ、あれはむかーし、私も買ったことがあります（笑）。ともあれ、タイトルまで関西弁にしてしまったこの話が、読者様に少しでも楽しんでいただければと願っています。

　そして、そんな猛虎弁の男をスタイリッシュに描いてくださった明神翼先生に心よりお礼申し上げます。針間と千鳥のラフを拝見したときは「すごい、イメージぴったり」とテンションがあがりました。お忙しいなか、針間の髪型もいろいろとお考えくださり恐縮です。本当にありがとうございました。

　それからこの話に関してさまざまなアドバイスをくださった担当さまにも感謝します。千鳥の背景や心の流れをよりわかりやすくするための調整は、大変勉強になりました。ありがとうございます。

　最後になりましたが、読者様にも深く感謝申し上げます。このあとがきにまでおつきあいくださりありがとうございました。２０１６年最初の月にこうして皆様にお目にかかれてうれしいです。今年も精進いたしますので、なにとぞよろしくお願いします。

　それではまた次回にもお会いできますことを願って。

今城　けい拝

本作品は書き下ろしです

今城けい先生、明神翼先生へのお便り、
本作品に関するご意見、ご感想などは
〒101-8405
東京都千代田区三崎町2-18-11
二見書房 シャレード文庫
「そんなん仕事しとるんやろが！」係まで。

CHARADE BUNKO

そんなん仕事《しごと》しとるんやろが！

【著者】今城《いまじょう》けい

【発行所】株式会社二見書房
東京都千代田区三崎町2-18-11
電話 03(3515)2311[営業]
03(3515)2314[編集]
振替 00170-4-2639
【印刷】株式会社堀内印刷所
【製本】ナショナル製本協同組合

落丁・乱丁本はお取り替えいたします。
定価は、カバーに表示してあります。

ISBN978-4-576-16008-5

http://charade.futami.co.jp/

CHARADE BUNKO

スタイリッシュ&スウィートな男たちの恋満載

今城けいの本

オレがよけりゃ、それでいいんだ

美獣が××！

ヤクザの我妻に「最高の一杯」を出すまで身体を好きにされる約束をしてしまったバリスタの広末。何度身体を無残に開かれても引かない広末に、二人の関係は変化し始め……。

イラスト＝Kuro

ねえ、安芸さん……俺に男の抱きかたを教えてくれる？

高機能系オキタの社員食堂

イラスト＝みずかねりょう

食品専門商社勤務の沖田は管理栄養士の安芸が大好き。ところが安芸が沖田の先輩・真下に長年片思いをしていると知り……。年下ワンコ商社マン×年上未亡人系管理栄養士のおいしい社食ラブ♥